LE MYSTÈRE DE LA FEMME SANS TÊTE

DU MÊME AUTEUR

Ariane
Don Quichotte, 2018
et « Points », n° P5008

Les Yeux rouges
Seuil, 2019
et « Points », n° P5240

MYRIAM LEROY

LE MYSTÈRE DE LA FEMME SANS TÊTE

roman

ÉDITIONS DU SEUIL
*57, rue Gaston-Tessier, Paris XIXe*

ISBN 978-2-02-151576-3

www.seuil.com

L'Histoire est une fiction qui sert à comprendre le présent.
En fonction du présent, le passé change.

(Un inconnu, sur Instagram)

Pour les besoins du récit, des personnages, des émotions, des prénoms et des situations ont été inventés. La chronologie n'a pas toujours été respectée. Les pensées des protagonistes appartiennent à l'autrice. Seuls sont authentiques les documents cités (lettres, affiches, discours, articles, journaux intimes, communiqués…) et les déclarations des personnes, décédées ou vivantes, qui interviennent dans ce texte. Tout ce qui se présente entre guillemets est vraiment vrai ou, en tout cas, fut vraiment dit.

Il y a une femme, enterrée au cimetière d'Ixelles, qui a été décapitée à la hache en 1942.

Son nom est russe. Elle était toute petite et avait une grâce de pirate.

Les Russes qui s'en souviennent prétendent qu'elle a changé le cours de la guerre.

Les Belges, eux, ne disent rien. Ils l'ont oubliée.

Il n'existe plus grand-chose à son propos : une brève apparition dans une thèse de 1988, un billet de blog en espagnol, quelques documents bientôt effrités aux Archives de l'État, de rares œuvres de propagande soviétique dont le kitsch renseigne sur la véracité et une poignée de souvenirs de son fils cadet – 3 ans au moment du décès. Il en a 84 maintenant.

L'aîné vient de pousser son dernier souffle. Il était, dit-on, devenu confus et vivait en institution. Certains croient que tout est de la faute de sa mère, ou plutôt de la mort de sa mère.

La femme sans tête a aussi eu un petit fils et quatre petites-filles. C'est à elles que ce roman est dédié. À elles et à toutes celles qui, en plus de leurs responsabilités, prennent celles des autres.

1

Marina Chafroff-Maroutaëff n'avait que mépris pour les *smokkeleirs* qui vendaient à prix déloyaux des denrées alimentaires au marché noir. Seuls les bourgeois, les profiteurs de guerre et les Allemands avaient les moyens d'y faire leurs courses.

Elle les détestait, tous.

À chaque fois que Marina passait devant la rue des Radis, épicentre du trafic de beurre à Bruxelles où l'on avait vu Charles Trenet se promener comme si de rien n'était, elle espérait une explosion, un bombardement qui réduirait en flaque ces imbéciles. Mais aujourd'hui, elle y était aussi, avec son seau, un peu d'argent et beaucoup de dégoût. Aujourd'hui, elle tenait à préparer à ses fils un gâteau qui aurait le goût de sa propre enfance, trop sucré et trop gras, un gâteau qui ferait tonner dans leur tête des déflagrations de joie : un napoléon. La mère de famille s'était procuré de la couenne de porc moulue en saindoux auprès de la voisine, il lui restait du sucre et du lait écrémé, mais elle n'avait pas d'œufs. Depuis le début de la guerre, elle n'en trouvait plus sur les étals officiels. Davantage qu'un mets de luxe, l'œuf était devenu une sorte de légende comme certains bœufs du Japon ou quelques oiseaux de France : tout le monde en avait entendu parler mais personne n'en avait mangé.

Rue des Radis, il y avait foule comme à un meeting de cette ordure de Léon Degrelle, le leader du parti Rex, autour de caissettes où de faux fermiers et d'authentiques crapules écoulaient ce qu'ils avaient truandé. Quand la police débarquait pour un contrôle, ils repliaient leurs tables et disparaissaient en un battement de cœur dans les soupiraux constituant l'intérêt principal de cette rue typique des Marolles, un quartier interlope où, le soir venu, les coups de pied anonymes pleuvaient sur les intrus.

Les clients puaient le poisson. Leurs cheveux, leurs manteaux, leurs haleines sentaient la marée. Il y avait eu une pêche miraculeuse en mer du Nord, on était tombé sur un banc de harengs et, depuis six semaines, les familles salaient, fumaient, saumuraient et avalaient des rollmops à chaque repas.

Ça leur avait fait du bien, et pas seulement à l'estomac : les Belges ne pensaient qu'à bouffer, les pénuries alimentaires constituaient l'essentiel de leurs conversations. C'est fou ce qu'ils pouvaient radoter. Oooh, le souvenir du vrai café, aaah, le goût de la gelée de groseilles, le poulet à la broche, le fromage…

Les gens pouvaient enfin parler d'autre chose. Du froid de l'hiver, par exemple, le plus rude depuis trois-quart de siècle. Et des astuces pour y survivre : ne quitter son manteau qu'au lit, se servir de briques tirées du feu comme bouillottes, couper du bois dans les parcs, dévisser l'assise des bancs publics et la débiter en bûchettes... ou fréquenter assidûment les cinémas, qui étaient chauffés. Certes il fallait se fader les films aryanisés de la Continental, certes il y avait ces chapelets révoltants d'actualités allemandes, mais les Bruxellois s'y rendaient chaque semaine au moins deux fois.

Marina, elle, aurait préféré crever les lèvres bleues que de s'enfiler ces conneries. Marina était droite comme la justice. De l'extérieur, ce pouvait être amusant, une femme si petite et si raide de colère. Ça lui donnait des airs de personnage de dessin animé ou d'enfant déguisé.

Certains commerçants de la rue des Radis la prenaient d'ailleurs pour un garçonnet – un contrebandier l'avait appelée *ket* en lui rendant la monnaie et elle ne l'avait pas détrompé. Marina était indifférente au quiproquo. Elle s'en accommodait. Dans un contexte pareil, c'était un avantage d'avoir l'air d'un môme. Personne ne soupçonnait les enfants, personne ne les suivait. Ils pouvaient grenouiller de mille projets de sabotages et d'attentats, ils pouvaient se livrer aux pires violences... On ne songeait pas à les interroger.

Ce soir était le dernier que Marina vivrait avec ses fils. Elle voulait leur laisser le souvenir tiède d'une mère attentionnée. Quand elle serait morte, il ne leur resterait plus que ça, à ses petits : des images, volatiles, bientôt fondues en impressions.

Elle avait longuement hésité avant de se rendre aux Allemands. Se rendre signifiait laisser Nikita et Vadim à son mari, à cet homme pourvu d'autant de talent avec les petits que de temps à leur consacrer, c'est-à-dire en quantité réduite et seulement quand il était bien luné.

Puis elle était parvenue à la déduction que jamais Youri ne se chargerait d'éduquer les enfants et que ce serait leurs grands-mères qui le feraient. Marina avait été soulagée. Elle pouvait aller à la mort : ces dames savaient désinfecter les genoux, corriger les dictées et déterminer s'il fallait mettre une écharpe et s'il fallait l'enlever. Tout ce que son Youri ignorait. Tout ce dont il se moquait.

Alors oui, Marina préparerait un gâteau ce soir, le mangerait, ferait ses adieux aux siens puis marcherait jusqu'au quartier général des nazis et leur dirait Ohé c'est moi, c'est moi que vous cherchez.

2

C'est elle. Tu ne savais pas que tu la cherchais mais tu sens que tu l'as trouvée, et tu prends une photo de son nom.

Le silence du cimetière est troué par le son du déclencheur de ton iPhone.

Ce faux bruit vieillot de reflex argentique, son irruption dans le présent où tu viens de t'engouffrer dans un trou de ver menant au passé, t'assène un bref vertige. Les espaces-temps se télescopent.

Devant toi, il y a cette tombe étrange, parallélépipède de granit déjà très érodé, au-dessus duquel une rose fanée est piquée dans la haie. Sous tes pieds, il y a une femme sans tête.

Tu te promenais au cimetière d'Ixelles avec une amie détentrice d'une affaire d'importance à te confier, une histoire de cœur en charpie, le genre de dossier qu'on juge utile de te fourguer, à toi qui n'entends pourtant rien aux imbroglios sentimentaux.

Le lieu de la balade n'avait pas été choisi par pulsion morbide mais par esprit pratique car les réunions à domicile sont interdites, les cafés fermés et la police patrouille dans Bruxelles pour mettre à l'amende celles et ceux qui se déplacent sans nécessité.

Pour le type de conciliabule que tu prévoyais avec cette amie, il n'y a, pour l'instant, que les forêts et les cimetières.

C'est une après-midi de brume et de givre de décembre 2020, où les cimes des immeubles sont mangées par le ciel.

Au départ, ce n'était pas ta journée.

Pas ton mois non plus. Ce n'était pas ton année et, à bien y réfléchir, pas vraiment ta décennie.

Le dernier quart de ta vie t'apparaissait, quitte à t'autoapitoyer, d'une très relative utilité.

Ce jour-là, tu t'étais levée ruisselant du vinaigre dont t'avait arrosée l'exercice de ton métier. Tu avais été journaliste durant quinze ans, quinze années de bagarre, fichu temps fichu, couronnées par l'enterrement de tes dernières illusions.

Enfin, ce n'était pas tant le métier qui était en cause que son organigramme, dont les échelons supérieurs demeuraient occupés par des Jean-Michel Médiocre.

Tu sais bien que pour eux tu n'étais rien qu'une chieuse, que tu aurais déjà dû être contente d'avoir du boulot et d'être payée pour, mais non, non, tu devais pinailler, faire ta rebelle d'opérette, tout ça parce qu'un de tes collègues avait eu un geste malheureux, un mot maladroit, tout ça parce que oui, il régnait parfois ici une ambiance de vestiaire, mais que si on t'écoutait toi on ne pourrait plus rien dire, on ne pourrait plus rien faire...

Alors tu avais tout quitté, tout rompu, et tu te levais depuis à l'heure des premières récréations.

Tu vivotais de petites missions, tu amendais des scénarios de films qui ne verraient jamais le jour et pondais des nouvelles pour des recueils qui ne se vendraient pas, en attendant de déterminer ce que la vie pourrait bien t'offrir pour sa seconde moitié.

Ce n'était pas qu'un travail que tu avais abandonné, c'était un poste d'affût. Une protection, liée à une hauteur de vue. Depuis que l'actualité n'était plus une matière à travailler mais le monde dans lequel tu vivais, tu étais devenue poreuse.

Ces derniers temps, tu étais ainsi habitée par des images de décapitation. Il y avait eu un attentat en France, une histoire gore où un professeur avait eu la tête tranchée par un islamiste aux abords de son collège.

Les infos ne parlaient que de ça et il était d'autant plus ardu de se soustraire aux pires images mentales que les gosses, dont on bouchait les oreilles quand on lâchait des gros mots, se refilaient la photo de la dépouille.

Tu te tiens coite au milieu de la pelouse d'honneur de la Seconde Guerre mondiale du cimetière d'Ixelles, devant le mot « décapitée » gravé dans la pierre. Alors qu'une seconde auparavant, avec ton amie, vous évoquiez l'intérêt ou non d'une thérapie conjugale ainsi que la nécessité ou non de la conjugalité, ton regard a été happé par un drôle d'alignement de stèles identiques, dents de pierre dans une bouche de gazon, affichant des prénoms désuets. Tous masculins sauf un, tous fusillés sauf un, perdu dans un océan de Lucien et de Maurice : Marina. C'est cette anomalie qui a attiré ton attention. Une femme, ici. Une femme, toute seule.

Et puis tu as lu, sous un nom plein de *f* d'évidence venu de l'Est, ces quatre syllabes odieuses qui t'ont claqué au visage comme une rafale de mitrailleuse. « DÉCAPITÉE. »

Tu ignorais qu'on décapitait des femmes pendant la guerre. Tu ne savais pas qu'on décapitait tout court pendant la guerre.

Mais au fond, que savais-tu de la guerre ?

Pour toi, la guerre, c'était avant tout une préoccupation de types douteux et de petits vieux.

Pourtant, ton père était né en 1940 et avait souvent tenté de t'entretenir de cette affaire mais ça n'avait pas marché, ça n'avait pas pris, ton esprit allait se promener ailleurs, faire ta liste de courses, et ton père déballait ses souvenirs de chars et de chenilles dans l'indifférence de sa famille. Adolescente, tu ne rêvais que de show-business et d'Amérique et on te rasait avec les chromos délavés de pauvres gens qui vivaient de pauvres choses.

Ta mère t'aurait peut-être davantage intéressée, ses parents avaient caché des Juifs et une médaille les consacrant Justes parmi les Nations prenait la poussière à côté d'une danseuse de flamenco en bronze sur un meuble à la maison. Mais ta mère avait tout oublié, ne se rappelait ni les noms ni les circonstances, car pour elle comme pour toi la guerre était quelque chose de « barbant ». Le dernier oncle qui aurait pu évoquer des images de jeux et de disputes avec les enfants juifs hébergés venait d'être emporté par le Covid.

Ils meurent tous, ceux qui ont connu la guerre, y ont participé ou en ont été affectés. Et leurs archives en noir et blanc ont déjà un goût d'irréalité.

On a beau répéter à la télé, dans les films et les romans, « plus jamais ça », tu te demandes qui comprend vraiment ce que « ça » veut dire, pas toi en tout cas, pas plus que ces opposants aux mesures sanitaires qui défilent dans les rues de Bruxelles ces jours-ci, étoile jaune à la poitrine et pancarte en typo gothique allemande au poing.

En prenant une photo de la tombe où tu lis « DÉCAPITÉE », tu as un petit rire et tu lâches à ton amie : « Sympas les nazis. » Elle pouffe : « Bon esprit les mecs. »

C'est nerveux. Bien sûr que c'est nerveux. Sur la tombe d'une martyre de la guerre, tu te serais attendue à un pudique « tombée pour la patrie » ou un sobre « sacrifiée pour la démocratie ».

Pas à cet exposé cru du mode opératoire, qui te prend de court. Le mot « décapitée » te chute sur l'estomac comme un petit cadavre et il te semble avoir la nuque qui picote.

En silence, troublées, vous poursuivez la promenade le temps que dure votre tolérance au froid, et quand vos doigts deviennent incapables de différencier la forme d'une cigarette de celle d'une clé dans le fond du sac, vous y mettez fin.

Tu rentres chez toi en jouant aux osselets avec les consonnes de ce « décapitée », giflée par l'haleine des snacks disposés de chaque côté de la rue. C'est le quartier universitaire d'Ixelles, une commune bruxelloise où les logements sont trop chers et les rues trop sales. Un papier gras te colle à la semelle et un sac en plastique vagabond achève de donner à la scène des allures de fin du monde.

À la maison, tu attends que tes mains se réchauffent, tu attrapes ton téléphone, ouvres Instagram et publies sans commentaire la photo de la tombe de cette Marina ChafMachin.

Le dimanche, d'ordinaire, les gens de ton âge ont mieux à faire que de traîner sur les réseaux. Ils ont des poulets à manger, des enfants à divertir, des chiens à faire courir. Ils réagissent peu à ce qui est posté durant leurs activités.

Et puis tu n'as pas énormément d'abonnés. Certes, tu as travaillé à la télévision mais tu vas avoir 40 ans, tu n'exposes pas tes fesses dans des torsions compliquées et tu as cessé d'ouvrir ton intimité aux inconnus. Ton « contenu », comme on dit, n'intéresse que ceux que tu intéresses, et ils ne sont pas si nombreux.

Bref : tu penses, car c'est là l'habitude, que tu vas recevoir des cœurs, des réactions à ce que tu postes, oui, mais en modeste quantité.

À rebours des probabilités, tes abonnés se mettent soudain à commenter, par dizaines, le cliché qui vient d'être publié. C'est le mot « décapitée » qui les choque et ils te laissent des oooh, des whaaaat, des petits bonshommes bouche bée. Le type du resto près de chez toi te répond qu'il n'y a pas grand-chose à lire à propos de cette résistante sur Google, et que c'est bien dommage car son histoire a l'air folle.

Tu te sens bête. C'est par là que tu aurais dû commencer. En te renseignant sur ta décapitée, plutôt qu'en l'utilisant comme anecdote au service de ta popularité.

Tu tapes le nom écrit sur la stèle dans le moteur de recherche, tu dois t'y prendre à deux fois pour mettre les nombreux *f* à l'endroit et, dans la section « images », tu découvres un portrait. Et à partir de ce portrait, un monde.

Il s'agit d'un rectangle jauni au format identité agrafé à un document, moitié cursives, moitié lettres imprimées. Le visage d'une femme russe, l'air très jeune, un béret à la Gavroche penché sur le crâne. La fille a une gueule, une trogne. La tête de quelqu'un qui n'est pas là pour être aimé. Elle n'a pas de maquillage, pas d'épilation de sourcils ni de bijou. Pas de rides non plus. On ne voit rien de ses cheveux. On ne peut pas lui donner d'âge et à peine la situer sur l'axe des genres.

C'est sa physionomie qui captive. Un petit nez rond et des bonnes joues mais une morgue et des yeux durs, des yeux qui te voient là où tu ne veux pas être vue, une bouche aux lèvres écrasées l'une contre l'autre, celle du dessous à la manœuvre, mandibule fâchée exprimant le peu d'estime qu'elle a pour toi… la mimique d'une fille qui fume et qu'on a privée de sa clope. Tout dans ce visage dit à la personne qui regarde : « Dégage. »

Il est impossible de s'en détourner. Tu y es ventousée. Fascinée par le caractère hostile de la pose et la beauté farouche du modèle, débarrassé de toute politesse.

Après de longues minutes, tu dézoomes et entreprends de parcourir le document sur lequel le portrait est attaché : un formulaire de 1945, rempli en français par la mère de la décapitée, réclamant le rapatriement de sa dépouille.

Il y a des fautes d'orthographe jusque dans le nom du pays de naissance de sa fille, devenu « Létonie ».

La case « Dernière adresse en Belgique » renseigne le 265, chaussée d'Ixelles.

Tu trouves ça troublant : tu vois bien où est cet immeuble, tu passais devant à pied tous les jours quand tu travaillais dans le quartier. C'est une maison typique de cette commune de Bruxelles, haute et sans charme particulier, la sonnette garnie de patronymes flamands, bangladeshis et portugais. Tu connais surtout le bâtiment d'en face, un restaurant chinois à la vitrine parée d'affiches électorales périmées et d'annonces de matchs de boxe. Si tu l'as remarquée, c'est parce qu'un jour y ont été collés côte à côte les portraits de deux hommes politiques bruxellois se vouant un franc mépris, et qui s'étaient bouffé le nez tout le long d'une célèbre émission télé.

Sous la ligne « Si décès, annoncé par qui ? », Ludmilla Chafroff a indiqué : « Les lettres de la Croix-rouge de Belgique et de l'ammonier [sic] de la "fraugevängnis" Köln. »

Il y a une impuissance terrible dans ces mots tracés avec application, l'impuissance des exilés, perdus dans la traduction. Ça te fait penser à cette mère de famille mauritanienne à laquelle tu as prêté ton bureau en guise d'appartement, dans l'idée de restaurer ton karma.

Son voile, sa couleur de peau, son accent et son allure modeste font affluer les prédateurs, même lorsque ceux-ci se situent en bas de la chaîne alimentaire. Ainsi du type venu remplacer une vitre cassée, un vieux bonhomme eczémateux ayant profité de la difficulté de la jeune femme à communiquer pour l'arnaquer. En surprenant cet ouvrier au noir détroussant avec hargne une sans-papiers tu t'étais dit que la diversion néolibérale consistant à faire croire aux pauvres gens qu'ils sont dévalisés par de plus pauvres gens encore, a bien marché.

Sur Internet, comme annoncé, tu ne trouves rien ou presque sur Marina Chafroff. Pas de page Wikipédia en français, pas d'entrée dans le dictionnaire, juste un billet de blog daté de 2012 en espagnol, langue que tu ne parles guère. Tu nargues l'obstacle en glissant l'article dans un logiciel gratuit de traduction approximative, capable de n'avaler le texte que morceau par morceau, ce qui te donne la sensation grisante de t'éclairer à la bougie dans des catacombes.

L'auteur est un ancien fonctionnaire européen ayant habité Bruxelles par obligation, un homme déjà âgé qui aimait lire son journal sur les bancs du cimetière d'Ixelles pour échapper à l'agitation du quartier.

Il raconte comment il a trébuché, par hasard lui aussi, sur la tombe de cette femme inconnue, et l'effet que lui a fait comme à toi le mot « décapitée ».

Ramón Puig explique s'être entretenu avec le veuf de la femme sans tête, lui devoir la plupart des informations figurant dans son papier et être peiné que le vieil homme, Georges Maroutaëff de son identité belgisée, Youri de son prénom russe, soit mort avant d'avoir pu lire les résultats de son enquête. Georges a rendu son dernier soupir en 2010 à l'âge de 96 ans.

Tu parcours les commentaires sous l'article, tu vois qu'ils soulignent combien Marina Chafroff était une héroïne, comment elle a changé le cours du deuxième conflit mondial.

Tu t'étonnes de ne jamais en avoir entendu parler. Certes, tu ne te passionnes pas pour la guerre mais tout de même, tu en sais les grands noms.

Tu te demandes comment tu as pu passer à côté d'une femme au rôle aussi décisif pour la paix, une amazone ayant résidé à mille deux cents mètres de chez toi dans un sens ; enterrée à huit cents mètres dans l'autre. Et tu pestes contre l'enseignement catholique belge des années 1990, dont on pouvait sortir en pensant que le mot « colonisation » renvoyait à un examen de l'intestin.

Le blogueur décrit Marina Chafroff comme une jeune immigrée russe qui, à l'instar de nombreux compatriotes réfugiés en Belgique, et dès que l'Allemagne avait envahi la Belgique puis l'Union soviétique, avait mis de côté sa rancœur d'exilée et ne pensait qu'à résister à l'envahisseur.

Prise d'on ne sait quelle pulsion, la jeune mère de famille se serait, un soir de décembre 1941, saisie d'un couteau pour aller poignarder un fonctionnaire allemand au bout de sa rue, devant le 19 de l'avenue Marnix. Elle s'était préalablement domiciliée dans une chambre de bonne rue Cans, à quelques encablures de l'appartement familial. Là encore, tu tiques, car les lieux te sont familiers : ton bureau, celui que tu as prêté, se situe à deux minutes à pied.

Des journaux de l'époque, épinglés sur le blog, affichent les avis à la population, les appels à la reddition.

Marina finit par se rendre quelques heures avant que soient mises à exécution les promesses de vengeance des Allemands. Soixante otages avaient été emprisonnés et Marina, dit le blog, se livra crânement à la mort en se rendant au QG de l'occupant, tout en s'autorisant une ultime bravade. Elle planta son couteau sur un fonctionnaire choisi au hasard : perdu pour perdu, bientôt morte pour bientôt morte, autant rentabiliser.

Suite à ces agressions, écrit Puig, « les forces d'occupation estiment dans leurs rapports que la population ne les tolère plus et qu'une nouvelle forme de résistance est apparue en Belgique ».

Après un jugement sommaire et une courte détention à Bruxelles puis en Allemagne, la jeune Russe fut décapitée sur ordre de Hitler.

On lit entre les lignes que ses attaques, les premières menées de jour, en pleine rue contre un gradé allemand, en auraient inspiré d'autres, puis d'autres et encore d'autres, jusqu'à former une réaction en chaîne de l'ordre du tomber de domino, sublime détonation impossible à ignorer dans le monde entier, qui mènerait bientôt l'Allemagne nazie à capituler.

Et pourtant, bien qu'enterrée à Ixelles, tout le monde est indifférent à Marina au point que, selon l'Espagnol qui l'a consulté, le registre du cimetière a omis de la consigner.

Tu n'en reviens pas. Cette femme, taillée dans le marbre dont on fait les déesses, cette héroïne fabuleuse repose sous une petite pierre sans éclat et ne dispose d'aucune rue à son nom, pas même d'un square ni d'une plaque.

Alors qu'il te semble que le plus modeste curé courageux et le plus petit aviateur évadé sont consacrés par une stèle commémorative.

Tu as de la peine pour Marina et ses deux fils que le blog mentionne.

Et, tu dois bien l'avouer, tu as de la peine pour toi aussi par anticipation, dans un drôle de carambolage entre ton image et celle de la femme sans tête, qui te renvoie au fait que toi, tu n'as rien accompli de prodigieux, tu n'as pas d'enfant… Et ton passage sur terre sera encore plus vite oublié.

Tu ressens enfin de l'admiration pour cette guerrière qui a transgressé les plus ultimes tabous en se livrant à une telle violence, une brutalité dont, à ta connaissance, les femmes ne sont pas coutumières, encore moins lorsqu'elles sont mères.

Ce que tu penses à ce moment-là, en ce mois de décembre poisseux où tu échoues à diminuer ta dose quotidienne de Serlain, c'est que tu aurais besoin d'une

Marina intérieure, d'un élan comme celui raconté dans l'article. Que tu devrais laisser libre cours à ta colère plutôt que la comprimer. Il y a deux semaines, tu t'es réveillée avec une dent cassée, les mâchoires serrées à force de ruminer. Tu n'es pas de celles qui parviennent à appliquer les accords toltèques, non. Toi, ta parole n'est pas impeccable, et des affres du monde tu as la mauvaise habitude de faire une affaire personnelle.

En dépit de la tragédie qu'elle traîne, la femme sans tête vient d'allumer un feu de joie dans ton corps.

Et tu juges, sans attendre, que la ramener à la vie, c'est te réanimer.

Alors que tu quittes à peine son tombeau, tu te mets à écrire sur Marina Chafroff. Tu penses d'abord à une enquête, une biographie, à un récit historique qui rendrait hommage à une héroïne raturée. Après tout, tu es journaliste, tu es équipée. Après tout, tu n'as rien d'autre à faire.

Tu vas en bibliothèque, explorer des archives, tu parles à des historiens et tu cherches, tu cherches, tu cherches comme tu n'as jamais cherché. Tu t'absorbes dans cette collecte et ton obsession, tout de suite, montre des bienfaits. Tu ne t'endoloris plus les mâchoires à ressasser et mastiquer.

Tu montes vivre dans ta tête et ça t'éloigne de tes échecs. Tu lis tout ce que tu trouves, en français, en russe, en allemand, en tchèque.

Assez vite se pose un problème susceptible de contrecarrer tes plans, de grande fresque sépia avec des prétentions d'authenticité : tes sources racontent tout et son contraire, chacune défendant une vision de l'Histoire de nature à servir ses intérêts. Sans compter ce qu'elles ne disent pas, ces silences, immenses, ces décennies où rien ne fut énoncé sur Marina, ces années de sa vie que personne n'a connues, ces ellipses que dans le portrait d'un prodige il faut se résoudre à combler.

Dans ce brouillard, tu essaies de distinguer ce qui, pour toi, ressemble à la vérité. Étrangement, alors que ta rationalité arrogante ne te laisse jamais t'aventurer à prendre des coïncidences pour des messages du destin, tu sens que ce que tu écris, quelque part d'en haut, on te le souffle.

Ou alors peut-être que c'est le fond de ton ventre que tu craches.

Tu ne le sauras jamais.

3

Tout avait commencé à Libau, dans la province russe de Courlande qu'on appellera ensuite Lettonie, où Marina était née en 1908.

Tout était parti de là ; Marina Chafroff était sortie de là, de cette ville portuaire où l'on croisait davantage d'émigrants juifs que d'autochtones. Libau était le principal port d'embarquement de ceux qui déjà fuyaient la Russie impériale pour les États-Unis. L'un des seuls ports de la mer Baltique à ne jamais geler. Quand elle était petite, Marina regardait défiler des grappes de femmes et d'hommes en noir aux faces ridées par l'inquiétude, trop jeunes pour être si vieux.

Dans sa famille, qui avait prêté allégeance au tsar, on voyait les Juifs partir sans les pleurer. On ne leur voulait pas de mal pour autant : on était contre la violence, contre la haine, on la connaissait déjà trop. Et puis on allait à l'église avec assiduité et le ressentiment y était condamné. Mais dans la communauté, on rendait les Juifs responsables, du moins en partie, de ses malheurs. Les protocoles des sages de Sion étaient lus avec attention et les élites aristocratiques étaient terrorisées par la modernisation libérale de l'Empire qu'elles voyaient comme une affaire judéo-bolchevo-maçonnique.

Les plus craintifs quittaient la Russie.

Puis ce fut le tour des autres, de ceux qui en avaient encore les moyens et la santé : la révolution avait éclaté et le peuple réclamait du pain et la peau des notables.

Ensuite, il y eut la guerre civile et tout fut pour de bon déréglé.

Le père Chafroff officiait comme ingénieur sur un chantier naval. Bientôt, il n'eut plus de travail. La mère Chafroff était pianiste. Ils étaient d'ascendance noble. Bientôt, on les dirait « blancs ». L'estampille aurait pu être charmante, de l'ordre du grade au ballet, mais à cette époque où les communistes prenaient les clés du pays, il s'agissait plutôt d'un sceau d'infamie.

Marina n'avait pas respiré longtemps l'air de l'Empire. Ces courtes années suffirent toutefois à la tatouer, déjà, de nostalgie. La Russie demeurerait le pays de l'enfance et de l'abondance. Le pays des rires et des baignades, le royaume des contes où les princesses étaient des grenouilles, et le pays des premières révoltes. En Lettonie, ceux qui avaient connu Marina s'en souviendraient comme d'une fillette délurée au visage rusé, qui grimpait aux corniches et se bagarrait.

Une scène lui reviendrait, au seuil de la mort.

Elle devait avoir 7 ou 8 ans.

Après la classe, elle était allée à la plage avec ses condisciples.

Dans le groupe, il y avait Macha, une petite que personne n'aimait. Macha sentait mauvais, elle avait la peau grêlée par une drôle d'infection et l'absence de soin porté à son apparence la faisait passer pour débile aux yeux des autres.

Macha était la cible des quolibets des autres filles, que Marina ne trouvait pas plus aimables.

Ses camarades étaient cruelles, et même si Marina ne comprenait pas pourquoi Macha imposait sa pestilence, elle ne goûtait pas la méchanceté, en particulier lorsque celle-ci allumait des incendies joyeux dans le camp des nombreux.

Cette après-midi-là, Marina maçonnait un château avec le sable gris et gluant de Libau, ce sable facile à agglomérer qui permettait de bâtir des édifices sophistiqués. Marina était absorbée par sa tâche, si bien qu'elle ne vit pas, qu'elle ne remarqua pas ce qui était en train de se dérouler. C'est quand elle eut terminé de lisser ses tourelles qu'elle entendit hurler. Macha avait été enterrée jusqu'au cou dans le sable et ses poumons cherchaient de l'espace pour respirer. Elle étouffait, et les filles riaient.

Une rousse s'entraînait à viser son front avec sa sarbacane. Des petites applaudissaient.

Le spectacle déplut à Marina.

Macha était laide et envahissante, elle n'était pas son amie et ne le serait jamais, mais elle ne méritait pas qu'on la torture. Marina sauvait les guêpes qui se noyaient dans les carafes.

Elle s'avança dans le cercle des spectatrices et commença à creuser autour de Macha pour la dégager. Les bourreaux pestèrent un instant contre son intervention puis, se désintéressant de leur proie, partirent jouer plus loin.

Marina ne souhaitait pas que Macha lui baigne les pieds de ses larmes et les essuie de ses cheveux mais la petite n'eut pas un mot de reconnaissance. Dès qu'elle le put, la fillette sortit de son trou et s'éloigna en titubant, sans égard pour sa sauveuse. Marina trouva cet épilogue ingrat et rentra chez elle, elle aussi. Elle n'avait plus envie de jouer.

Le lendemain, à l'école, l'institutrice l'accueillit avec le silence que l'on réserve à ceux qu'on s'apprête à accuser.

L'adulte attendit que toutes les élèves soient réunies pour fermer la porte et leur demander de se lever.

Toutes, sauf Macha.

Macha lui avait raconté ce qui s'était passé, la veille à la plage, et l'institutrice avait honte, tellement honte d'avoir comme élèves cette bande sadique. Elles allaient toutes devoir présenter leurs excuses à la petite, Ici même et maintenant.

À toi, Maia. C'est ton tour, Katia. Alors Tatiana, tu dors ?

Tapotant une règle en métal contre la paume de sa main, la dame dirigeait vers Marina, demeurée immobile, des regards fumants.

Quand le cortège se fut prosterné devant l'enfant martyre, la maîtresse prit une voix plus autoritaire.

Il restait quelqu'un, ici, qui n'avait pas demandé pardon.

Une peste qui avait été l'initiatrice du supplice de Macha et faisait semblant de ne pas être concernée.

Marina espérait que la dernière tortionnaire se dénonce et qu'on en finisse. La contrition forcée la gênait autant que la persécution de la veille. Et le sourire de Macha l'inquiétait.

L'institutrice rendit la parole à la souffre-douleur : la coupable, lâcha celle-ci, était Marina. C'était elle, oui elle !, qui avait été la plus méchante et qui l'avait humiliée.

Pardon ? s'exclama Marina. Mensonge ! Invention ! Elle regarda la maîtresse puis Macha, Macha puis la maîtresse, et elle pensa à une plaisanterie.

Hélas, tout le monde était sérieux. Elle voulut prendre les autres à témoin, car elles avaient bien vu, les autres, que Marina n'avait participé à rien. Mais les autres regardaient ailleurs.

Macha pleura. L'institutrice ordonna à Marina de lui présenter ses doigts et elle leur infligea dix coups de règle. La fillette sentit qu'elle avait été élue pour expier les fautes du groupe, peut-être parce qu'elle se tenait hors du troupeau.

Les impacts étaient douloureux, l'enseignante avait les yeux plissés de concentration et poussait des petits cris, on aurait dit qu'elle battait un paillasson avec une raquette à tapis. Marina, elle, demeurait silencieuse, menton levé. Quelque chose en elle venait d'être divisé. Une autre autorité avait pris les commandes. Un gouvernement, indépendant, qui lui demandait de ne pas pleurer, de ne pas souffrir, qui lui disait que les gens étaient méchants, veules, lâches, et qu'elle ne devait pas leur faire le cadeau de sa vulnérabilité.

Depuis ce jour, le monde de Marina eut toujours l'air d'être mis en scène pour lui être désagréable et injuste.

C'est ce tournis-là qu'elle ressentit au moment où une lame lui trancha le cou.

*

Les Chafroff en exil avaient d'abord fait escale avec leurs quatre puis cinq enfants dans une Estonie moins turbulente que la Lettonie, ensuite en Allemagne où le père avait trouvé un emploi dans une fabrique de polycopieuses, enfin, en 1927, à Bruxelles, siège d'une nouvelle antenne de l'entreprise. C'était une dégringolade. En deux mille kilomètres les Chafroff étaient passés de la première classe à la troisième mais, quand ils regardaient les Italiens ou les Polonais venus travailler dans les mines wallonnes et l'animosité qu'ils suscitaient, ils pouvaient s'estimer heureux.

Il y avait des milliers de Russes déjà installés en Belgique. Les Chafroff faisaient office de retardataires. Personne ici ne se moquait d'eux, ne raillait leur langue ou leurs manières, personne ne changeait de trottoir avec l'air apeuré lorsqu'ils se promenaient en bandes. Les Russes étaient les bienvenus à Bruxelles où ils ouvraient des restaurants, des épiceries et des cafés. Les Belges savaient que ceux qui arrivaient chez eux avaient fui la sauvagerie et la sauvagerie effrayait ce peuple placide, ne se soulevant jamais pour rien, qui envisageait dès lors ces réfugiés comme des héros. Le massacre de la famille impériale avait traumatisé l'Europe entière et les nouvelles de Russie, où le changement de régime avait créé des hordes de crève-la-faim, rendaient les bolcheviques peu sympathiques.

Apprendre que Marina avait parcouru un si long périple par la mer forçait le respect des locaux, qui ne savaient de l'horizon que les soixante-six kilomètres de côte grisâtre, accessible en deux heures de train, leur servant de lointain.

Papa Chafroff était beau, sec et long à la façon d'un champion d'aviron. Maman Chafroff était onctueuse comme une mère. Ils avaient l'intention de mener une belle vie.

Les premiers temps à Bruxelles, leur fille avait trouvé la ville insignifiante.

Elle avait regretté les hauts clochers, les coupoles, les façades peintes de rouge et de vert de l'Empire, cette luxuriance de stuc et de dorures qui chantait le lustre de l'âme slave. Elle avait pesté contre ces hommes et ces femmes mal habillés, qui parlaient français avec des inflexions de paysans, marchaient sans grâce et n'avaient à raconter que des histoires de temps qu'il fait. Elle avait eu honte des exilés, buveurs endurants que l'on reconnaissait à leur nez rouge et leur odeur vinaigrée. Elle s'était sentie très seule. Ça avait duré des années.

Elle avait parfois des amis, on la voyait même s'esclaffer mais c'était pour tenter, pour essayer, pour qu'on ne puisse pas dire qu'elle ne faisait rien pour s'intégrer. C'était pour faire plaisir.

Parce qu'elle, au fond, elle s'en moquait. Quand elle s'auscultait, elle se sentait le cœur et le ventre indifférents aux autres, aux hommes, au point d'envisager, un jour, de s'abstraire de la vie civile pour servir Dieu.

Marina allait à l'église comme d'autres au café. Le pope fouettait les icônes de sa grosse voix de barbu et les hommes du chœur en robes noires, cachés derrière de fines portes en bois, faisaient danser au plafond de vibrantes incantations. Dans les volutes d'encens, au milieu de quelques femmes âgées aux yeux tournés dans les orbites, Marina se sentait à sa place, enfin.

À la maison, l'ambiance était délétère, ses relations avec ses parents, houleuses : ils la conjuraient de gommer son accent, de s'assimiler, de faire à Rome comme les Romains – ce que Marina refusait. La jeune femme avait accommodé la parlure d'ici en enroulant les *r* autour de la langue avec des sonorités de tourterelle. Elle s'en faisait un devoir, de ne jamais perdre ce chant. Il était hors de question de se fondre. Pour qui, pour quoi ? Quand la paix serait revenue en Russie, car elle reviendrait, quand la vie serait devenue trop pénible ici, elle y retournerait.

À Souzdal, d'où venaient ses ancêtres. C'était un bourg, presque un hameau, mais c'était le berceau de la Russie éternelle avec ses églises et ses monastères en essaims, sa cathédrale de la nativité coiffée de bulbes étoilés et sa rivière qui serpentait en gazouillant les louanges du Seigneur.

En attendant, elle vivait chaussée d'Ixelles avec sa famille, une longue rue en montée plantée de bâtiments monotones dans une commune populeuse de Bruxelles, où elle regardait les siens feindre la joie de vivre.

Sa mère, Ludmilla, essayait de paraître plus belge que les Belges : en cuisine, elle avait abandonné ses pelmenis et pirojkis, petits trésors qui faisaient jouer la langue dans des recoins insoupçonnés de la bouche, et ne préparait plus que les plats de ménage d'ici. La tablée mangeait sans joie de grosses assiettées de flageolets, des poissons blancs nappés de beurre, des tartes aux raisins secs. Tout un répertoire de goûts sans relief qui donnaient le mal du pays.

Et puis, Marina rencontra Youri. Elle se prit ce garçon en pleine figure comme on marche sur un râteau, un coup de manche au milieu du front.

L'impact se produisit à la piscine d'Evere, le Solarium, où la jeune femme se rendait l'été avec ses frères et sœurs : un vaste parc de délassement avec bassin à ciel ouvert et pelouse tondue où la jeunesse bruxelloise venait cuire dès que le soleil se montrait.

D'habitude Marina ne prêtait pas attention aux muscles des garçons, elle préférait fumer les cigarettes qu'elle mendiait et offrir son dos aux rayons. Elle mesurait un mètre cinquante-six et avait des joues rondes, on la prenait pour une enfant. Les hommes la laissaient tranquille tandis qu'ils harcelaient d'autres filles.

Youri, qu'elle n'avait jamais aperçu que de loin et tout habillé, avait soudain surgi de l'eau. Le contre-jour lui avait dessiné un halo, une auréole à la mesure de sa divinité. Il était grand, il avait une masse virile de cheveux noirs et les yeux couleur glacier, d'une tonalité de bleu qu'elle ne connaissait qu'aux gens qui viennent de pleurer.

Le plus fascinant était son corps. Ses épaules, larges. Sa taille minuscule, étranglée. Son estomac, concave. Son nombril, convexe. Ses cuisses, aux tendons saillants. Ses fesses, ses doigts, ses cils, ses chevilles, le renflement entre ses jambes, son épiderme piqueté comme un œuf et, Seigneur, ses bras. On y trouvait des monts et des creux qui se déplaçaient sous la peau à la manière de boules chinoises, quand leur propriétaire se dépliait.

Et l'on se disait que la contrainte, sous ces bras-là, devait être plus douce que la liberté, et l'on en rêvait, d'être serrée jusqu'à bleuir, si c'était par cet éphèbe russe de 17 ans.

Marina s'imagina à la place des gouttes qu'il éparpillait sur la margelle. Être époussetée par ce gaillard reviendrait toujours à ce qu'il vous touche. De sa chute de reins au bombé des omoplates, tout en Youri était un outrage.

Sur la pelouse du Solarium, l'horloge s'était arrêtée, les oiseaux avaient suspendu leur vol, plus aucune fille n'osait respirer, plus aucun garçon non plus : Youri sortait de l'eau et il n'y avait rien d'autre à faire, nulle part dans le monde, que de le contempler.

Était-ce cela, était-ce ce qu'on appelait « amour », qui grésillait dans l'abdomen de Marina ? À 23 ans, elle ne l'avait encore jamais goûtée, cette sensation d'aspiration entre les cuisses, de vide à combler, cette brûlure difficile à soutenir mais dont on ne veut pourtant pas se débarrasser. Elle n'était pas sotte, elle savait que le désir d'une femme pour un homme existait, elle l'avait lu, mais celui-là était si intense, si nouveau, qu'il engendrait un certain désarroi.

C'était de l'amour, oui, certainement, et c'était même le grand, celui d'une vie, ce ne pouvait être autre chose.

Marina mit une demi-seconde à conclure qu'elle devait épouser ce jeune homme au plus vite. Qu'elle ne pouvait se dérober à son destin : s'esclavager avec joie dans sa cuisine et dans son lit.

Elle n'avait aucun avenir professionnel à enterrer, aucun travail à abandonner : la jeune femme terminait l'académie de piano, des études pour lesquelles elle était plus douée qu'assidue, où les filles ne cachaient pas les dimensions domestiques de leurs ambitions.

Les femmes exerçant un métier faisaient fuir les maris.

Et de toute façon, les opportunités d'emploi stimulantes étaient rares : quand Marina consultait les petites annonces, on ne demandait qu'une « jeune servante », une « forte servante », une « servante très propre » ou une « bonne lessiveuse ».

Apprendre à jouer d'un instrument était un investissement pour plaire aux hommes, les ferrer : il ne s'agirait pas de se produire sur une scène ou à la radio mais d'accompagner les fins de repas, d'agrémenter les après-midi pluvieuses en jouant Chopin ou Tchaïkovski avec doigté.

La « Danse de la fée Dragée » de *Casse-Noisette* était le morceau que Marina préférait jouer : elle l'exécutait de la pulpe des doigts, sans pédale à toute vitesse, et on se la représentait, la fée, frapper les cordes de ses tout petits pieds.

Marina était prête, bonne à marier et, forte de cette certitude, elle alla taper sur l'épaule de Youri qui s'était allongé sur l'herbe pour rouler une cigarette, en observant sa basse-cour.

Comme les frères Chafroff, le jeune homme faisait partie de la Drougina, cette espèce d'école d'officiers bruxelloise accueillant des adolescents de la diaspora russe pour les entraîner à combattre les communistes. Le projet de la Drougina, qui avait à cœur d'entretenir la tradition russe impériale, se situait quelque part entre le scoutisme et le camp militaire. Les cours dispensés allaient du salut au drapeau au lancer de grenades et, sur le champ de tir, l'on trouvait des gamins de 12 ans, patauds et maladroits, s'essayant à la carabine.

À Bruxelles, un garçon pour cinq familles d'immigrés russes avait intégré cette armée discrète, que l'on présentait aux Belges sous le nom d'Union sportive russe. Pas qu'on veuille la leur cacher, mais enfin il n'était pas nécessaire qu'ils s'en mêlent.

Youri y avait rencontré Rotislav et Yégor Chafroff, s'entendait comme larron avec le cadet, mais peinait à l'entraînement.

Lui, contrairement aux autres, il ne vibrait pas à l'évocation de la Sainte Russie et de son retour en grâce. Dans les rapports de la Drougina, on pouvait lire : « Notre passé et notre avenir ne se trouvent qu'en Russie. Le présent n'est pas la vie, mais une existence qui n'a de sens que lorsque nous travaillons pour le bien de la Russie. »

Pour Youri, le passé n'existait plus, le futur demeurait un concept obscur et, oui, le présent était, sans conteste, la vie.

Face à lui, Marina s'était vue articuler des mots, former des sourires, battre des paupières, elle s'était découvert une attitude qu'elle ne se connaissait pas et dont elle était pourtant maîtresse, c'était comme si elle avait imité quelque chose qu'elle n'avait jamais vu, reproduit des modèles jamais appris. Marina, à peine plus haute qu'une commode de salon, joufflue comme un petit garçon, s'était muée en un monstre de séduction.

Youri souriait aussi, dévoilant deux rangées de dents où saillaient les canines. Il exsudait un parfum de danger et la brûlure entre les jambes de Marina redoubla d'intensité.

Tu l'ignores encore mais tu vas m'épouser, lui avait-elle lancé, le menton crâneur.

Et il avait répondu que ça se pourrait, en effet, mais qu'il avait pour principe de ne jamais acheter sans avoir testé la marchandise.

Marina fit la candide : testé quoi, au juste ? sa cuisine, ses aptitudes au repassage ? Et si Youri commençait par examiner comment ils s'entendaient, comment ils s'accordaient le temps d'un rendez-vous ?

Elle le convoqua le soir même à la porte de service du Concert Noble, la plus belle salle de bal de

Bruxelles, où se tenait le thé dansant de la Société royale belge des ingénieurs et des industriels.

Ils s'y faufilèrent sans qu'on les arrête. En cuisine, le personnel s'amusa de ce tandem, garçon costaud et fille lutin, euphoriques et agités, elle pendue à son bras, lui le doigt sur les lèvres, suppliant les commis de fermer les yeux sur leur effraction. La fille souriait : les serveurs pouvaient-ils les laisser passer ? Marina et Youri devaient danser, c'était important, c'était pour que son futur mari puisse l'essayer, suppliait-elle les mains en prière. Et les hommes en veste leur indiquèrent le chemin vers la salle, cette cour des grands en parquet Versailles où se dandinait déjà sans grâce ni coordination tout ce que le royaume faisait de bons partis.

Ceux-ci avaient beau être vêtus de costumes taillés pour eux, sortir de chez le coiffeur ou s'être enduits de lotion à l'institut d'esthétique, leur retenue les rendait invisibles. Ils remuaient à peine les bras, et leur raideur semblait hurler qu'ils auraient tout donné pour se rasseoir.

Youri sortit une flasque de son pardessus. Le liquide glacé brûla la poitrine de Marina et la fit pleurer.

C'est alors que le maître de cérémonie fit rallumer des lumières, proposa un shim sham, une chorégraphie venue des clubs interlopes américains, et les convives eurent l'air soulagé – ils auraient enfin des pas à reproduire. Ils se placèrent en ligne, les deux jeunes Russes les rejoignirent, et tandis que l'orchestre peinait à tenir le rythme du morceau qui lui était imposé, Marina et Youri se mirent à se trémousser.

Ouvrir fermer, ouvrir fermer, un deux trois quatre, pied gauche devant et puis glisser, pied droit devant et puis glisser, une fois, deux fois, une fois, deux fois. Le bassin de Youri dessinait des huit à peine soutenables aux yeux de Marina, mais c'est elle que tout le monde regardait. Elle n'était pas entravée par des baleines métalliques, un corset, une combinaison étroite. Elle parlait le langage de la musique. Elle croisait et décroisait les jambes avec adresse, levait les bras et décrivait des arabesques. Qu'était-ce donc que cette femme-enfant aux mouvements d'entraîneuse ? Tous les hommes du Concert Noble auraient voulu s'y frotter, à l'attraction de la soirée. Cette fille venait d'ailleurs, ça se voyait, et ce n'était pas tous les jours qu'on pouvait côtoyer une telle étrangère.

Youri regardait sa cavalière sautiller, passer des bras d'un étudiant à ceux d'un jeune patron, leur parler avec cet accent russe qu'elle ne pouvait décoller et il les voyait tous tomber, même ceux qui semblaient de prime abord la dédaigner : Marina était irrésistible, spirituelle, drôle. C'était loin d'être la plus jolie du bal, mais c'était la plus vive, la plus vivante.

Elle chipait une cigarette à ses cavaliers et la fichait derrière son oreille, elle plaisantait, faisait des voix, elle racontait des histoires comiques qui déstabilisaient ses partenaires. Marina, dans sa robe usée héritée de ses sœurs, minuscule et coiffée à la Mistinguett, émettait une forte lumière.

Youri ignorait que la veille encore, elle se traînait, sans énergie, dans une vie aussi étroite que son immeuble. Youri n'avait pas deviné que c'était lui qui lui faisait cet effet.

Lui qui l'avait rallumée.

Youri ne savait rien des femmes amoureuses. Il avait 17 ans.

4

Youri était arrivé en Belgique au milieu des années 1920 à l'âge de 11 ans. C'était une drôle d'histoire. Il ne la déballait jamais et préférait affirmer que tout le monde autour de lui s'était envolé. De son père, officier tsariste, il avait une honte aussi purulente qu'indicible : il prétendait qu'il était mort. De sa mère, il disait qu'elle était restée en Russie pour travailler. Point. Et que l'on cesse, par pitié, de lui en parler, de la lui rappeler.

C'était pourtant une sacrée épopée que celle de sa famille et Youri aurait pu en faire, des conquêtes, rien qu'en racontant d'où il venait.

Au départ il y avait Zinaïde, sa grand-mère. Au départ, bien sûr, il y avait la Russie.

À une époque où les femmes ordinaires se situaient quelque part entre le cloporte et la prostituée sur l'échelle sociale, Zinaïde était déléguée du gouvernement dans les confins de l'Empire.

C'était un personnage d'opéra, émancipé, grandiose, qui fréquentait le gratin.

Zinaïde avait eu deux enfants, Marie et Konstantin.

Un jour, hélas, Zinaïde tomba gravement malade et la Russie échoua à la guérir. La révolution était passée par là, tous les camarades étaient désormais égaux dans le dénuement et les hôpitaux sortaient plus de cadavres que de vivants. Dans les premières années du pouvoir soviétique, la mortalité avait triplé. Les épidémies de choléra se superposaient à celles de variole et de fièvre typhoïde.

Zinaïde était au plus mal, son cœur s'apprêtait à lâcher et ses enfants voulurent la faire soigner à l'étranger, là où il y avait des chirurgiens plutôt que des rats dans les salles d'opération.

Marie, sa fille, s'était renseignée. Il existait un dense petit pays d'Europe de l'Ouest, huit millions d'habitants, dont on n'entendait jamais parler – ce qui de son point de vue était une qualité. Un pays réputé pour ses villes pavées du Nord, ses cures thermales du Sud, un pays qui exhalait un fort relent d'ennui, un royaume sérieux s'enorgueillissant d'être à la pointe en matière de cardiologie et qui était en sus un pays ayant accueilli des milliers de Russes : la Belgique.

Elle allait y envoyer Zinaïde.

Marie chantait pour le théâtre d'État, elle était bien vue des bolcheviques, l'épouse de Lénine l'avait inscrite dans ses petits papiers.

La plupart du temps, la cantatrice élevait seule son fils, Youri. Elle en avait les moyens. Elle avait épousé l'homme qui lui avait fait offrande de sa semence pour le concevoir, mais il était soldat, toujours en garnison, et pour ce qui concernait la cohabitation, leurs aspirations se complétaient avec harmonie : il ne raffolait pas de la vie de famille, elle ne raffolait pas de jouer les bonniches. Car Marie était une diva.

Le soir, le front couvert de verroterie, elle montait sur la scène du Théâtre Maly, institution sœur du Bolchoï. Il y faisait si froid que sa bouche émettait de la buée mais le public se serait cru à la Scala. Marie mettait du cœur à l'ouvrage, du cœur et d'autres organes aussi, elle engageait son corps entier pour tenter de faire advenir un peu de beauté dans ce monde où, l'espace de quelques années, la vie s'était dégradée.

Les bolcheviques lui étaient reconnaissants de si bien faire semblant. Marie leur servait de paravent quand une délégation étrangère avait l'honneur de déambuler dans Moscou. Elle rendait des services. Le plus important : faire croire, par la seule beauté de sa voix et l'intensité de son interprétation, à un pays debout, fier, que le nouveau régime, contrairement à ce qu'en disaient les envieux, n'avait pas saigné.

Alors Marie avait obtenu un passe-droit. Une autorisation de quitter le territoire. Pas pour elle, bien sûr. Elle, elle était réquisitionnée pour éblouir les assemblées trouvant au Maly quelques raisons d'encore se lever.

Mais pour sa mère Zinaïde. Et puisqu'il était impensable que la vieille dame voyage seule, et comme il aurait été bienvenu que son petit Youri puisse à sa suite échapper à la rudesse de ce pays, elle déploya quelques combines et parvint à leur faire traverser les frontières à tous les deux, petit-fils et grand-mère.

Voilà pourquoi l'histoire se poursuivit en Belgique, alors qu'elle aurait tout aussi bien pu se prolonger en France ou au Royaume-Uni.

Sans les problèmes de cœur de Zinaïde, sans la bonne réputation des médecins de Louvain, Marina Chafroff n'aurait pas rencontré Youri Maroutaëff, et Marina Chafroff aurait sans doute gardé sa tête, au sens propre et au figuré.

La grand-mère et l'enfant se faufilèrent en Belgique où ils furent pris en charge par la pléthorique communauté russe locale, certes plutôt tsariste tandis qu'eux étaient d'obédience révolutionnaire, mais quand on était russe et qu'on était loin de chez soi, avant d'être rouge ou blanc, on était russe, point.

Curieux attelage que cette aïeule à l'agonie et son jeune page de 11 ans.

Ceux qui en souriaient n'eurent pas l'occasion de se moquer longtemps.

Zinaïde mourut peu après son opération.

Mise au courant de la triste nouvelle, Marie informa son fils qu'on mangeait désormais du rat à Moscou et qu'il ferait mieux de ne plus jamais y mettre les pieds. Youri resta en exil et fut hébergé par des Russes de Bruxelles qui le voulaient bien.

C'est là qu'intervint l'histoire de l'oncle Konstantin. Bien avant la mort de Zinaïde, alors que la révolution n'en était qu'à ses premières moissons, le frère de Marie s'expatriait à Paris. Il avait fait des études d'ingénieur, il était d'une intelligence anormale et il était célibataire : tout l'attirait dans la Ville lumière, à commencer par les opportunités d'emploi.

Marie savait déjà y faire avec les bolcheviques et elle l'aida, lui aussi, à s'évader de Russie.

À Paris, le jeune homme fit la rencontre d'Igor Sikorsky, dont le nom ornerait un jour le frontispice de l'aéroport de Kyiv, un génie qui serait retenu par l'Histoire comme l'inventeur de l'hélicoptère (ou plutôt le réinventeur, un certain de Vinci en ayant esquissé les bases quelque quatre cent cinquante ans plus tôt).

Konstantin et Igor fraternisèrent, et quand ce dernier repartit en Amérique où il enchaînait les succès industriels grâce au mécénat du compositeur Rachmaninov, Konstantin lui emboîta le pas.

C'était en 1916.

À l'époque, les États-Unis avaient tant besoin d'ingénieurs qu'ils en achetaient dès qu'ils pouvaient.

Là-bas, Konstantin se fit quelques amis grâce auxquels il rejoignit la General Electric.

Durant son temps libre, il jouait lui aussi les inventeurs : il mit au point le tube fluorescent, le néon, et devint par conséquent très riche.

On lui devra plusieurs livres sur le sujet dont un fameux *Why fluor ?*, lancinante question s'il en est.

Pour l'heure, Konstantin, qui menait une vie de nabab, apprenait que son neveu Youri tirait le diable par la queue à Bruxelles, à un âge où on aurait autre chose à faire – des études par exemple. Il lui envoya de l'argent, cent dollars par mois, en lui faisant promettre d'obtenir un diplôme.

Le problème, c'était que Youri ne voulait pas s'enfermer dans une salle de classe, qu'il préférait faire la bringue. Il était attirant, alléchant, les femmes se l'arrachaient, il pensait n'avoir rien à gagner à s'inscrire à l'université. Et il disposait de cent dollars suffisants pour se faire des copains.

Konstantin lui écrivait souvent. Des questions, pour l'essentiel : comment se portait-il, à quoi occupait-il ses journées. Youri lui répondait, toujours de mauvaise grâce, pour que l'oncle ne soit pas tenté de fermer le robinet, pour qu'il ait l'impression que son argent était bien dépensé. Mais il devait se faire violence pour rédiger cinq lignes à cet adulte lui imposant ses morales assommantes alors que tout ce qu'il voulait, c'était exulter.

Youri sortait, dansait, buvait, Youri était celui autour duquel se formaient les attroupements, torero de demoiselles. Il n'avait pas de concurrent. Il était drôle, si drôle qu'il plaisait à toutes, aux filles ordinaires et aux dames du monde avec lesquelles il entretenait des flirts flatteurs. Il était aussi au goût des garçons, qui le prenaient pour modèle. Youri était copié, sa mèche crantée, imitée, sa façon de fumer était étudiée, mais personne ne parvenait à reproduire son fabuleux mélange de nonchalance et d'espièglerie. L'argent de son oncle y était pour quelque chose. Le jeune homme avait l'attitude du prince qui savait l'opulence éphémère et en profitait pour brûler.

Un jour, Konstantin fut informé que son neveu souhaitait épouser une certaine Marina, de six ans son aînée. C'était à se demander si ce garçon n'était pas attardé. Il avait du vent dans les poches, aux yeux de la loi il était mineur, mais cela ne suffisait pas à le dissuader de se travestir en monsieur pour se marier.

L'oncle protesta : il fallait é-tu-dier. Et après, une fois qu'il aurait un bon métier, son neveu pourrait songer à convoler.

Si Youri refusait absolument d'aller à l'université, il pouvait aussi monter à bord d'un bateau pour l'Amérique, le Massachusetts, la General, et Konstantin le ferait travailler.

Plutôt mourir, lui répondit le jeune homme.
Et entre eux, tout se rompit.

Des années plus tard, à la mort de l'oncle d'Amérique, sa fortune fut léguée aux écoles catholiques des environs. Sur son testament, Konstantin Palueff avait précisé que pour rien au monde son argent ne devait revenir à son neveu.

5

Tu observes le portrait de Youri, une photo d'un dossier de police, conservé aux archives de la guerre, peut-être s'agit-il de la fiche créée après un recel de vélos – délit dont son casier porte la trace. Le document ne le dit pas.

Le jeune homme a le charisme d'un acteur. La pose, la lumière, la coiffure : on dirait une mise en scène du Studio Harcourt.

Youri te fait penser à Antonio. Même visage, photocopie. Mêmes cheveux si joliment bouclés qu'on les croirait finis au fer. Même carnation mate.

La mâchoire virile. Les yeux clairs. Les mêmes.

Tu visualises Antonio et tu tentes d'esquisser Youri à partir de lui.

De ce garçon sous les semelles duquel toutes les filles se jetaient. Il devait avoir 17 ans et toi 15. Tu l'avais rencontré à un stage de néerlandais réservé aux enfants des travailleurs des chemins de fer.

Une semaine à la mer du Nord, où tes parents pensaient que tu étudiais le rejet du verbe et allais dormir après le souper. Tu traînais seule, après avoir semé une fille qui te collait. Tu détestais le néerlandais, tu détestais les stages, tu détestais les gens et tu détestais cette mer. Tes parents t'avaient obligée, ils le faisaient chaque année.

Antonio était venu te parler, très vite.

Il fumait des clopes roulées dont il gardait un exemplaire en réserve derrière l'oreille. Il portait un anneau au lobe et avait appliqué dans ses boucles une invraisemblable quantité de gel.

Il était sublime et italien, il venait du Hainaut, cette province au passé industriel et au présent mutilé, et il t'avait abordée dès le deuxième jour. Le Hainaut, pour toi, c'était le lointain. Tu ne connaissais rien de ces garçons-là, déjà émancipés de leurs parents, de ces gars qui glandaient dehors et avaient leur propre emploi du temps. Ceux à qui rien jamais n'avait été caché.

Toute ta vie, après Antonio, tu allais les rechercher, ces types pas vraiment voyous, mais dont on peut deviner la teneur inflammable dans leur manière de danser, de rouler vite, de claquer du blé pour des futilités et de bomber des pecs quand ils croisent leur reflet.

Antonio, tu n'avais pourtant fait que l'embrasser et le respirer. À l'époque tu estimais – enfin, c'est ce que ton premier petit ami t'avait dit – que coucher le premier soir dégradait la cote d'une fille sur le marché de l'amour. Et rien n'était plus important pour toi que de t'y placer en pole position.

L'Italien t'appelait « Miss », ça te faisait un curieux effet. Une électrocution sous le nombril. Tu trouvais ça idiot, presque dégoûtant et donc excitant. La danse lente de sa langue sur la tienne t'avait tuée.

Il y avait un truc d'adulte dans ce baiser.

Antonio t'avait roulé une pelle, un long patin insensé en plein stage de néerlandais et tu t'étais embrasée. Ce mec avait de l'expérience, il ne pouvait le cacher et n'en avait nulle intention.

Entre lui et toi, ça avait duré une journée, quelques heures à peine où tu t'étais sentie invincible, magicienne. Le lendemain, il t'avait trompée avec une Flamande aux cheveux rouges, une fille qui avait l'air sauvage, un peu vulgaire, court vêtue et cernée, sexy à crever. Sans doute qu'elle couchait.

En réalité, ce n'est pas tant qu'Antonio t'avait trompée qu'il était passé à autre chose. Toi, tu avais cru débuter un couple, une vraie histoire, une relation qu'il aurait fallu tôt ou tard déclarer à tes parents, quand lui paradait déjà avec une fille plus délurée.

Le bruit qu'a fait ton cœur en se brisant a dû être entendu de l'autre côté de la Manche mais les participants de ton stage de néerlandais eurent l'élégance de ne pas se moquer de toi quand tu pleurais, en public, à cause d'un garçon rencontré la veille, et qui en avait finalement préféré une autre.

Tu l'avais revu par hasard des années plus tard, Antonio, dans un magasin de vêtements à Bruxelles. Il était toujours aussi beau et tu t'étais cachée derrière une colonne : tu étais dans un mauvais jour, un jour où les cheveux rebiquent et le menton brille. Mais la vision furtive de ce garçon avait réanimé une brûlure dans ta poitrine. Ainsi qu'un désir fulgurant. Tu ne l'as jamais haï, Antonio. Sa désinvolture cruelle t'avait laissé un goût de sel, excitant, délicieux malgré la défaite. Tu avais mis à profit tant d'heures d'ennui à imaginer tout de sa vie.

Tu repenses à lui, à cause de la photo de Youri. Tu goûtes à nouveau les sensations de ce baiser fou, dont il était le seul maître, tu revois l'anneau doré à son oreille, le duvet de sa joue, le vert de son œil, ce muscle qui se tendait et se détendait près de sa mâchoire quand sa langue jouait avec la tienne.

Et puis ce look. Survêt polyester et baskets. Ce style qui à 40 ans, quand on n'est pas un rappeur américain, donne l'air déclassé mais à 17, sur le corps d'un mec qui soulève de la fonte et fait des pompes au réveil, est simplement torride.

Tu tapes son nom sur Google, Antonio T., et tu ne le trouves pas. Tu entres son nom sur Facebook, et il n'y est pas. C'est bien, c'est mieux comme ça.

À tous les coups il a des enfants déjà grands et du gravier dans son allée, à tous les coups il est chauve, ennuyeux et marié.

L'ignorer te donne le loisir de ressusciter le jeune Antonio, sublime et immoral, ce garçon aimé en dépit de ou peut-être grâce à sa décontraction avec les gens, les choses et les sentiments, et tout en y intégrant ce qu'on te dit par ailleurs du grand amour de Marina, tu suis son modèle pour dessiner Youri.

6

Youri avait bien envie d'épouser Marina.

Il ne voyait pas plus loin que le bout de la semaine, il était incapable de se projeter. Il n'empêche qu'il allait se marier.

Les jeunes filles belges étaient épouvantablement catholiques, elles prenaient la fuite dès qu'il hasardait une main dans leur dos, elles réclamaient un blanc-seing de leurs parents, des gages du garçon. Certes il était beau parleur, certes Youri n'était pas le dernier à mentir, mais il avait un honneur : il n'inventerait pas des sentiments pour les allonger. Il n'en avait du reste pas besoin : il existait partout des filles étrangères qui l'appréciaient sans arrière-pensée.

Avec Marina, ces égards seraient offerts par une femme aimante et dévouée, une femme qui, pour ne rien gâcher sur ce plan-là – l'horizontal –, était plus âgée.

Pour l'heure, ils faisaient connaissance tout habillés. Elle l'avait emmené à la Monnaie voir le spectacle comique *Bonsoir, monsieur Pantalon !* Au paradis, ça n'avait rien coûté, et le plafond de l'opéra peint d'angelots leur avait paru renversant, même s'ils n'avaient aperçu la scène qu'au prix d'un torticolis.

Il l'avait traînée à la Maison du Peuple pour une projection du *Cuirassé Potemkine* : dans la salle il n'y avait que des Belges, mais certains avaient éclaté en sanglots quand les matelots avaient déposé le cadavre de Vakoulintchouk, tué lors de la mutinerie, sur le quai d'Odessa. Des sentiments ambivalents avaient étreint Marina : dégoût des tsaristes, dégoût du dégoût des tsaristes. À la sortie de la séance, grâce à Youri, il avait poussé en elle quelque chose de l'ordre d'un germe de conscience politique.

Les parents de Marina observaient cette union d'un œil inquiet. Ils savaient que Youri était né de mère rouge et de père indéterminé, et ça ne leur plaisait pas beaucoup.

Ludmilla avait insisté : Marina avait déjà 23 ans, elle n'aurait pas d'autre époux, elle devrait lui donner des enfants... Sa fille voulait-elle vraiment d'un tel servage ?

Mais oui, c'était tout ce que Marina désirait, devenir sa prisonnière. Youri l'avait ensorcelée avec ses yeux, ses cuisses, ses épaules, son nombril et, Seigneur, ses bras.

Elle n'avait d'autre aspiration que de frictionner à ses côtés la démangeaison qui l'électrisait depuis qu'elle l'avait vu sortir de l'eau.

Youri, lui, envisageait les choses sous un angle plus pragmatique.

Épouser Marina revenait en quelque sorte à choisir la liberté. Avoir un port où jeter l'ancre, un territoire de sécurité qui lui permettrait ensuite d'essaimer. C'était ainsi que les hommes se comportaient autour de lui : absents à leurs familles. Pleurés quand ils partaient. Chéris lorsqu'ils revenaient.

La situation ne pouvait être plus enviable pour ce garçon qui avait passé les cinq dernières années à se débrouiller.

Une cérémonie brève fut organisée à la maison communale en présence de témoins qu'on avait trouvés dans la rue, et le couple emménagea un peu plus loin, au 265 chaussée d'Ixelles, dans un modeste appartement du rez-de-chaussée, en haut d'une côte.

C'était sombre et bas de plafond, il n'y avait pas de place pour un piano, à l'étage les voisins se criaient dessus, mais c'était leur cabane, leur château.

Marina ne rêvait plus de stuc et de pampilles, elle avait oublié les collines et les clochers de Souzdal, il ne lui fallait d'autre paysage que le dénivelé entre le cœur et le ventre de Youri.

Lorsqu'elle découvrit l'entière nudité de son mari pour la première fois, et bien qu'on ne lui ait rien enseigné, elle sut d'instinct la manière de s'y nicher.

Les amants mesuraient près de trente centimètres de différence et ça ne faisait rien, ou plutôt ça faisait tout.

Voilà comment débuta la vie commune de Youri et Marina Maroutaëff en 1932, dans un optimisme un peu voyou, un peu volé, comme s'ils vivaient une vie qui ne leur était pas vraiment dédiée. Il n'était qu'un enfant, elle n'avait rien à gagner, mais ils étaient persuadés que tout allait toujours bien se passer.

*

Très vite, elle tomba enceinte.

Le jeune homme anticipait les dépenses auxquelles le futur allait le confronter, et puisqu'il n'avait ni diplôme ni grand talent, il participait à des combats de boxe clandestins. Les Bruxellois adoraient regarder des Slaves se taper dessus, ils leur jetaient des billets sur l'estrade et s'enivraient de bière au fût dans laquelle ils faisaient descendre un dé à coudre de genièvre. Youri était trop grand pour la boxe, ses mouvements étaient lents, ses bras tardaient à se dérouler pour frapper mais il était infatigable, et quand les roquets qui tentaient de lui attraper les mollets s'épuisaient, il dégainait enfin son arme fatale, sa droite, penché vers l'arrière. Ses coups de poing étaient si longs qu'en face, aucune réplique n'atteignait sa cible. Il fallait les voir, ses adversaires, mouliner dans le vide de leurs petites pognes impuissantes.

Ah qu'il était beau quand il cognait, Youri, qu'on se serait baigné dans sa sueur, ah que la vie était prometteuse aux côtés d'un invincible.

Youri sortait de scène les poches lestées d'une centaine de francs, trois soirs par semaine.

Pour le tatouer de sa passion, pour que dans l'assistance tout le monde le sache épousé, pendant l'amour, Marina rayait le dos de son homme avec les ongles. Sous ses griffes, le garçon avait la chair de poule.

Nikita naquit à la maison en l'absence de Youri sorti boxer. Lorsqu'au milieu de la nuit, en poussant la porte, il se découvrit une famille, le jeune homme ameuta tout le quartier avec une puis deux puis trois bouteilles de vodka. Il venait d'avoir 18 ans.

Un morceau de l'amour que Marina ressentait pour Youri reflua vers Nikita comme une marée.

Qu'il était beau, ce bébé, qu'il était sérieux.

Les six années qui suivirent, Marina les passa penchée sur un petit garçon à tenter de lui éviter noyade et électrocution.

Youri n'était pas souvent là.

Il avait trouvé un boulot d'ouvrier sur des chantiers. Le soir, il ne partait plus se battre, il allait plutôt au café. C'était lui à présent qui pariait. Il s'était dégoté un tas de copains dans les débits de boissons de la place

Flagey. Youri avait une bande, où l'on trouvait surtout des Roumains et des Yougoslaves, des hommes de tous âges avec des grosses mains rouges, communistes par nostalgie, certains ayant « fait l'Espagne », tous aimant se bagarrer.

Ça le changeait des garçons de la Drougina, cette armée blanche parallèle qu'il avait quittée non sans s'être disputé avec les frères de Marina. Il en avait marre de ces simagrées, de ces chants à la gloire des tsars, de tous ces entraînements collet monté. Il trouvait idiot de se référer sans cesse au passé avec des trémolos dans la voix et le dos bien droit. Tous ces fantasmes poussiéreux, il les avait balayés.

Youri riait comme un âne avec ses nouveaux amis. Ils faisaient des paris stupides : c'était à qui traverserait le plus rapidement l'étang, à qui grimperait au sommet de la statue d'Alphonse Renard pour la coiffer du chapeau d'un passant...

Ils commettaient des vols aussi, pour le plaisir, pour se sentir vivre. Youri avait ainsi ramené deux vieilles bicyclettes à la maison, jurant qu'il les avait achetées avec ses économies : la police reçut une autre version de la part d'étudiants soudain piétons et Youri fut condamné à deux mois de prison avec sursis. Il accueillit cette peine comme une décoration. Marina commençait à se rendre compte qu'elle avait épousé un drôle de coco, et bien qu'elle fût toujours éprise de ce flibustier, son attitude la fatiguait.

Car élever un enfant, un vrai, ce n'était pas aussi simple que ce qu'en disaient les romans.

Élever un enfant demandait une attention de chaque instant et infligeait une fatigue qui faisait vieillir prématurément.

Sous les yeux de la jeune mère, des stries étaient apparues : la veille elle était lisse, le lendemain elle s'était levée plissée. C'était à n'y rien comprendre. Dans sa chevelure, elle avait remarqué de gros fils blancs qui semblaient appartenir à quelqu'un d'autre, à une femme inconnue ou même un homme, tant ces nouveaux venus étaient drus. C'était comme si une personne poussait à l'intérieur d'elle-même, poussait dans le sens presser, dilater, lui rappelant son bébé lorsqu'il enflait dans son ventre, et Marina en éprouvait un fort sentiment d'étrangeté.

Un deuxième fils vit le jour en 1938 : Vadim. Le décalque de sa mère : petit format, grosses joues, yeux vifs, souriant, adorable. Cette fois encore, la nuit de la délivrance, Youri était occupé. L'aimable dame qui accoucha Marina signa les papiers à sa place. C'était l'usage à l'époque, d'éloigner les maris. De leur épargner des images gluantes dont leur désir mettrait le restant de leur vie à se rétablir. Dans le cas de Youri, il n'avait même pas été nécessaire de lui signifier qu'il pouvait disposer : il avait disparu depuis deux jours et ne rentra que quand Vadim en eut trois.

Ludmilla, la mère de Marina, psalmodiait les yeux mouillés combien sa fille aurait dû l'écouter et ne pas l'épouser. Ce Youri était un enfant. Marina lui défendait de parler ainsi de son mari. Elle ne pouvait nier qu'il manquait de maturité, mais il était si vivant, si entier. Jamais Marina n'aurait pu s'en passer. Quand il s'absentait, elle se sentait s'enliser dans l'état de mélancolie qui était le sien avant qu'elle ne plonge sur lui, à la piscine. Quand il réapparaissait, elle se relevait.

D'autant qu'il surgissait souvent avec une surprise, un cadeau, un déguisement, une nouvelle idée tordante. Un coup il demandait à être vouvoyé car il avait, dit-il, été anobli durant la nuit – en témoignait la grosse chevalière qu'il arborait à l'annulaire et qu'il avait dû gagner aux cartes. Un coup il rapportait un jambon de la taille d'un violoncelle, modèle d'exposition de la boucherie, immangeable mais amusant. Pong Pong Pong Poooowng, faisait Youri en prenant l'air pénétré d'un soliste du palais des Beaux-Arts, paupières closes et pincées. Nikita était hilare et Marina ne pouvait feindre la colère bien longtemps. Elle mimait alors sur la table du salon, telle une concertiste, la « Danse de la fée Dragée », ce morceau qui plaisait tant aux enfants, sol – mi – sol – fa dièse – ré dièse – mi – ré bécarre – ré bécarre – ré bécarre – do dièse – do dièse – do dièse – do bécarre – do bécarre – do bécarre – si – mi – do – mi – si… Cette succession de dièses et de bécarres faisait tout le sel de cette partition, triste, gaie, triste, gaie, gauche, droite, gauche, droite, à la manière d'un écureuil errant de branche en branche. Et toute la famille sautillait au rythme de l'orchestre invisible.

7

Au loin, on entendait crépiter des lignes à haute tension. En Allemagne, un petit homme véhément disait des mots brusques aux bons moments : l'injustice du traité de Versailles, la flaque de contrition dans laquelle chaque Allemand devait écraser le museau... Dans les discours du Führer, des mains crochues tentaient de maintenir l'Allemagne sous l'eau croupie du ressentiment.

Et malgré tout, le pays rayonnait. Fier.

Du contenu des casseroles à celui des bibliothèques, de la beauté des femmes à celle des opéras, en Allemagne, on aimait l'Allemagne. L'Antiquité allemande n'était-elle pas supérieure à toutes les autres ? Les quelques débris d'amphores retrouvés enterrés dans de l'argile allemande n'en constituaient-ils pas l'éclatante attestation ? C'était ce que croyait un certain Himmler, chef de la police, qui racontait des légendes connues de lui seul et encourageait historiens et archéologues à leur trouver un ancrage dans la réalité.

Si la communauté internationale tenait tant à rabaisser les Allemands, c'était, pensaient certains, parce qu'elle se savait subalterne et dégénérée.

Par conséquent, ils étaient investis du droit ou plutôt du devoir de conquérir l'Europe.

Comble des préjudices, selon le chef nazi : ces vilains peuples européens dominateurs asservissaient des populations indigènes partout dans le monde alors que la pauvre Allemagne n'avait pas la moindre petite colonie à fouetter.

Dans le public d'Adolf Hitler, il en allait de la tolérance aux diatribes fascistes comme des grenouilles dans l'eau chaude. Si l'on faisait monter la température à petit feu, l'animal ne remarquait pas qu'il était cuit. Et l'on pouvait aussitôt parler de « juiverie » et y fourrer tout ce qu'on détestait sans sourciller. Et l'on pouvait enfin dire « le Juif » au lieu de « les Juifs ».

Et déjà, à Bruxelles, on trouvait à chaque échoppe du marché de petites dames qui ne connaissaient des actualités que ce que leurs maris en disaient, mais affirmaient avec l'aplomb des savants l'imminence d'une manigance judéo-bolchevique. Tout le monde, bientôt, se détestait dans des mots si laids que les voir écrits dans des journaux ou collés sur des murs faisait l'effet d'une rasade d'eau-de-vie sur le rythme cardiaque. Partout en Europe, les allochtones voyaient questionnées leur ascendance et leur nationalité. Marina avait surpris un employé de la poste prononcer un nom de famille sur un paquet lourd en y ajoutant des « ein » et des « mann » pour amuser la galerie.

De plus en plus d'intellectuels de cafés radotaient le tort immense qui leur était causé par les sociétés secrètes alliées à la juiverie, groupes dont personne ne se réclamait publiquement mais que ces tribuns de comptoir étaient bien entendu capables d'identifier, car ils s'abreuvaient à bonne source.

Oui, ils en avaient la certitude : bien que ces clubs prosélytes affectent des allures inoffensives, bien qu'ils se drapent dans des activités quelquefois respectables, ils avaient fracturé la société belge.

Partout où elle avait pu s'infiltrer, insistaient les hommes « qui savaient », la juiverie avait contribué à l'affaissement des civilisations. Partout où étaient les Juifs, ce n'était que danses stupides et spectacles immoraux.

Dans les bistrots on trouvait toujours des pochards qui disaient des mots politiques, des mots compliqués et dès lors convaincants, des mots qu'ils avaient appris dans les journaux de « désintoxication idéologique ».

Et l'on rencontrait des soiffards se pensant outillés pour prétendre que la raison d'être de la Société des Nations était de mettre à disposition de la finance judéo-maçonnique le charbon, l'acier, le blé, toutes les ressources importantes de la terre.

Marina était déconcertée par l'assurance avec laquelle les hommes donnaient leur avis, comme s'ils avaient tout lu, tout compris. Quand elle entendait ces jean-foutre pourtant peu suspects de hautes études émettre des analyses lui paraissant très élaborées, elle se contractait sur place de manière à disparaître, plop, tel un elfe, tant elle se sentait bête.

Un « Centre d'examen des tendances nouvelles » avait été créé à Bruxelles pour que les honnêtes gens puissent se tenir au courant de la vie des idées. Celles-ci devaient s'énoncer à portée de tous, sans être pour autant vulgarisées. Exigence et simplicité, pour que chacun soit stimulé.

Cet observatoire invita le docteur suisse George Montandon pour une conférence inaugurale sur le « Problème des races. L'ethnie juive devant la science », bientôt citée par Louis-Ferdinand Céline dans *L'École des cadavres*. Montandon était obsédé par le nez : convexe, il serait un signe infaillible de judéité. Quelle qu'en soit la forme, il devait être coupé aux belles femmes juives, pour les marquer, les défigurer et éviter ainsi aux hommes aryens de s'en approcher. En mai 1938, la Belgique était mûre pour entendre ce genre de thèse. La Belgique et le monde.

La presse internationale se précipitait pour relayer les envolées du leader du Troisième Reich, dont on ne pouvait anticiper la ligne d'arrivée. Un animal de scène de cette trempe, une foi absolue en sa virilité en dépit d'un physique d'avorton, une ironie qui ridiculisait tout contradicteur avant même qu'il eût l'idée de contredire... Évidemment qu'on lui collait aux semelles, quand on était journaliste. Adolf Hitler exerçait une séduction féroce. En janvier 1939, le *Times* en faisait son « homme de l'année ». Non pour le louer, mais l'effet était identique.

Alors que son pamphlet *Mein Kampf* était un hymne lyrique à la guerre, Hitler faisait encore croire qu'il était contre, qu'il n'était point homme de conflit, et lors de ses allocutions publiques il assurait qu'aucun mal ne serait fait à personne. L'Europe faisait semblant de le croire mais les petits États entourant l'Allemagne mobilisaient tout de même leurs troupes aux frontières, histoire d'être prêts dès que le Führer changerait d'avis.

Le roi de Belges, pour sa part, avait promis que si l'on devait se battre en Europe, la Belgique resterait neutre ; à la différence de l'Allemagne, elle ne s'était toujours pas relevée de la guerre de 14-18. Ce discours avait pour effet de figer le peuple dans une posture de chat paralysé par le faisceau d'une torche. Il se demandait si c'était un camion qu'il entendait arriver, lancé sur l'exact chemin qu'il empruntait, s'il fallait décamper, et si oui, à quelle vitesse.

La Belgique était neutre mais elle creusait des fossés et construisait des bunkers. On n'était jamais trop prudent.

Youri sentait que ça allait bientôt péter, ici. Quand on lui demandait d'où il tenait cette prescience, il se tapotait le nez en reniflant. Youri savait beaucoup de choses, il connaissait beaucoup de monde. Il n'était néanmoins pas le dernier à tenir pour vrai ce qui n'était que probable et pour probable ce qui n'était pas impossible.

Bref, personne ne pouvait préjuger, ni au 265 chaussée d'Ixelles, ni ailleurs, de ce qu'il allait se passer.

Tandis que la Grande-Bretagne et la France s'apprêtaient à déclarer la guerre à l'Allemagne nazie, Staline et Hitler signaient un pacte de non-agression qui les liait pour dix ans. Puis ils dépiautèrent la Pologne, dans des bruits de becs déchirant une viande morte.

Tout le monde tomba de sa chaise, les communistes européens en premier, qui ne savaient sur quel pied danser et se demandaient ce qu'au fond de son âme, leur leader soviétique pouvait bien attendre de cette réconciliation avec les nazis… Marina entendait des amis de Youri dire des mots comme « folie ».

L'Allemagne de Hitler pesait de plus en plus lourd. Il ne fallait pas être grand clerc pour pronostiquer sa victoire en cas de guerre.

Peut-être Staline espérait-il que, chargée de la masse de la Russie, l'Allemagne se fracasse contre les autres grandes puissances capitalistes ; que toutes s'écroulent, qu'elles explosent et que sur leurs dépouilles l'Union soviétique élève un avenir radieux, un paradis.

C'était peut-être une tactique. Ça devait faire partie du plan, pensait Youri. Sûrement, connaissant Staline. Le *Vojd* voulait se servir des uns contre les autres. Oui. Oui, c'était ça qu'il faisait. Ah qu'il était intelligent. C'était le meilleur des hommes. Marina s'y était mise, elle aussi, à admirer le « Petit Père ». Elle avait besoin de croire.

Youri proposa que les Maroutaëff fassent leur baluchon et filent à l'Est se mettre à l'abri, qu'ils aillent redémarrer une vie à Moscou. Ils y seraient bien reçus, les services rendus par sa cantatrice de mère n'avaient pas encore été oubliés. Et ici, à Bruxelles, le jeune homme semblait avoir épuisé tous les plaisirs à sa portée : la police l'avait à l'œil et il se sentait de moins en moins libre d'aller et venir, moins libre de s'amuser. Youri se pensait épié.

Au moins, en Russie, personne ne le connaissait.

Marina ne savait pas. Elle n'était qu'une femme, elle ne comprenait sans doute rien à ce qui était en train de se jouer, mais elle se demandait si vraiment quitter Bruxelles maintenant était une bonne idée. Le voyage était long, cher et éprouvant. Les petits n'avaient même pas 8 et 2 ans… Et puis son père était en mauvaise santé et Marina venait seulement de renouer de bonnes relations avec sa mère…

Eh bien Ludmilla n'avait qu'à venir avec eux ! dénouait Youri. Et les frères et sœurs de Marina aussi, tant qu'on y était. Tous ensemble ! Adieu la Belgique, salut Bruxelles. Le père les rejoindrait une fois guéri. De toute façon, ce n'était pas comme si un Chafroff y connaissait un destin particulièrement faste, duquel il serait fâcheux de l'extraire. La petite vie monotone de la fratrie de Marina, dont les garçons résidaient encore chez leurs parents à plus de 30 ans, pourrait se poursuivre n'importe où dans le monde sans réelle déperdition.

Youri insista jusqu'à ce que Marina promette de se rendre à l'ambassade s'enquérir de leurs possibilités de retour. Il n'allait pas y aller lui-même, il ne fallait pas attirer l'attention.

Une secrétaire reçut Marina, prit connaissance de sa demande et ne répondit jamais plus, ni à ses courriers, ni à ses visites.

Il était hélas trop tard pour rentrer. Il aurait fallu des passeports soviétiques et leur délivrance était jusqu'à nouvel ordre gelée.

Youri ne voulut pas l'entendre et renvoya Marina, une fois par semaine, faire le pied de grue avec ses poussettes devant l'ambassade, où elle passait pour folle.

Le 3 septembre 1939, la France et le Royaume-Uni l'avaient décidé (l'expression officielle disait « constaté »), ils étaient officiellement en état de guerre avec l'Allemagne. Pourtant rien ne se passait. La Belgique avait réaffirmé sa neutralité mais personne n'était dupe : un jour ou l'autre le pays serait traversé, labouré, ravagé. C'était le début de la « drôle de guerre », drôle dans le sens étrange, saugrenue, car elle n'avait rien d'amusant. Neuf mois d'antichambre, d'attente qu'il se produise quelque chose, une apocalypse, une solution, un accouchement, quelque chose mais quoi ?, et c'est cette paix que l'on savait en sursis, ce répit qui était « drôle » avec son goût métallique.

À la maison, les petits jouaient en pépiant une langue mystérieuse et les jambes de Vadim parvenaient maintenant à le porter quelques mètres, Nikita lisait déjà, en russe et en français, mais Marina éprouvait des difficultés à s'émerveiller de leurs apprentissages. Il y avait quelque chose d'indécent, d'incongru à chanter des comptines et chatouiller des petits ventres quand on entendait ce qu'on entendait. D'autant qu'on ne savait plus ce qu'on devait croire.

Des émeutes étaient annoncées, des ordres d'évacuation prononcés… par des plaisantins. Des jeunes hommes pour la plupart, dont personne ne comprenait vraiment le dessein. Ces nouvelles étaient parfois relayées par les vrais journaux et il fallait attendre le lendemain pour lire un démenti : non, les troupes allemandes n'avaient pas franchi les frontières belges. Pas encore.

La presse avait amplifié un faux bruit particulièrement alarmant : la découverte de centaines d'uniformes nazis dans des roulottes de forains près de Liège, comprimés dans des cruchons de lait, laissant supposer l'existence d'une cinquième colonne prête à bondir en cas d'invasion germanique et à s'y rallier.

L'information avait été réfutée les jours suivants, mollement. Mais c'était trop tard. Il n'y avait pas de fumée sans feu. Pas de vacarme sans fondement. Une foule de gens avait la certitude à présent qu'il existait des tas de Belges prêts à mourir pour les Allemands.

D'un côté on trouvait des bobards pris pour argent comptant, et de l'autre des faits, avérés et pourtant niés. Des mensonges en collisions qui mettaient la fièvre dans le corps des nations.

C'était Youri qui décantait les fausses nouvelles des vraies auprès de sa famille et de ses copains. C'était lui l'instruit, lui l'initié.

Quand des rumeurs lui parvenaient, ça lui faisait toujours un petit quelque chose d'excitant dans l'abdomen, il se sentait privilégié, en première ligne.

Il démontait certains canulars et en laissait passer d'autres. La faune avec laquelle il tapait le carton était hétéroclite et le discours de Youri en devenait la synthèse : dédaigneux des femmes, méfiant envers les Juifs, hostile aux Allemands et à toute forme d'autorité.

À Bruxelles, un éphémère ministère de l'Information nationale fut créé, avec à sa tête le directeur d'un quotidien socialiste. Il avait pour fonction de vérifier le respect par la presse des attitudes compatibles avec la neutralité du pays en temps de guerre, et de distinguer l'information des fausses nouvelles.

Il faisait insérer dans les journaux des récits d'incarcération de propagateurs de rumeurs, pour dissuader les éventuels imitateurs : ainsi à Budapest, la nuit du 13 novembre 1939, la police avait arrêté quinze personnes « pour avoir répandu de faux bruits ».

Les faux bruits minaient le moral des soldats et des civils. Les faux bruits étaient alarmistes, haineux, épuisants. Ils creusaient les visages et agitaient les têtes parfois plus durement que des impacts physiques. Ils suçaient la joie hors des corps et faisaient mal à Marina. Une couture horizontale se dessinait sur son front.

Dans le journal *Le Soir*, pas encore collaborationniste, on lisait le portrait d'une fleuriste bientôt à la rue. Les gens n'achetaient plus ses roses et tulipes. Or, « il faut avoir le courage de sourire malgré tout et de garder des fleurs dans la maison. Nulle victoire ne fut remportée par des êtres maussades, mélancoliques. Et nous avons, nous aussi, notre guerre à gagner. La guerre contre les ombres, contre les fausses nouvelles, contre la panique, contre la peur et l'inquiétude ».

Ces dernières années, Marina avait peu à peu troqué les heures passées à l'église contre des heures dédiées au ménage. Mais dans un tel contexte, elle ressentait le besoin de retourner assister à la liturgie.

Les fidèles la regardaient avec la moue de dégoût qu'ils réservaient aux nouveaux venus mais Marina s'en fichait.

Un foulard dans les cheveux, les mains rouges de crispation, elle chantait à pleine poitrine.

Elle restait là des heures, debout, remarquait à peine les crampes de ses orteils car elle volait, Marina, elle se volatilisait dans cette beauté.

Et puis clac, retour sur terre, c'était la fin de l'office, il fallait récupérer ses fils chez sa mère avant de regagner l'appartement car Youri, ça l'aurait harassé de devoir s'occuper des petits pendant qu'elle allait, selon sa propre appréciation, perdre son temps à ces fadaises.

C'étaient les nuits qui s'avéraient les plus éprouvantes pour la jeune mère. Quand le Seigneur, les petits et Youri se taisaient. La tête relevée pour mieux respirer, Marina sentait le poids de chacun de ses organes les uns contre les autres, l'estomac qui appuyait sur les poumons, le diaphragme qui entravait l'inspiration.

Elle aspirait l'air par fines colonnes, avec application, le gardait quelques secondes à l'intérieur et l'expulsait en essayant de ne pas réveiller son mari. Au bout de quelques séquences identiques, elle entendait enfin les remous de sa digestion.

Elle ne savait pas, au juste, ce qui l'oppressait le plus. Ce qu'elle avait cru percevoir d'indulgence pour Hitler chez l'un de ses frères ? Ces prospectus couverts de slogans antijuifs qui voletaient dans les rues sales de Bruxelles ? La soif qu'elle éprouvait pour Youri et semblait s'être éteinte ?

Marina s'auscultait et ne trouvait plus en elle cette nécessité de s'enrouler dans son homme, de s'en faire un manteau et de l'écorcher de ses ongles. Lorsqu'elle le regardait, elle le trouvait beau comme on trouve beau un meuble bien assemblé. Elle ne ressentait plus de frisson.

Il n'y en avait plus non plus chez Youri. Il réservait désormais l'intégralité de ses blagues et saynètes à ses amis, il consacrait la fantaisie de sa personnalité à ceux qui le connaissaient encore peu.

Les fesses de Youri avaient cessé d'attendrir la jeune femme. La barbe de son mari devenue dure, semblable à une brosse à chaussures, tenait les baisers à distance.

Marina se disait que c'était la drôle de guerre qui faisait ça, ce sursis durant lequel on ne savait si on pouvait faire des projets, des enfants, se lancer dans des chantiers, ce temps coagulé où l'on ne pouvait se figurer demain. Tout le pays avait été interrompu dans son élan, et il s'éreintait à essayer de prévoir le prochain coup des Allemands. C'était à cause de cela sans doute que dans ce foyer il n'était plus question d'amour mais de réserves et de boîtes de conserve.

Le spectre des émotions de Marina s'était réduit à une seule, un bloc compact qui lui tombait dessus à intervalles réguliers comme un piano d'un étage : la peur.

L'utilité de Youri, dans ces cas-là, se logeait dans ses biceps. C'était ça, la partition que sa femme lui faisait promettre de jouer, le soir au souper, quand elle lui répétait que les Allemands n'allaient pas tarder à rappliquer. Le rôle de l'homme fort. Mais l'homme fort s'était rangé. Il commençait à prendre conscience des coûts de la témérité. C'est fou ce qu'avoir un travail pouvait rendre tempéré : maintenant que la mort de l'oncle d'Amérique lui avait coupé les vivres, Youri, qui avait appris l'électricité, s'esquintait le corps de 8 à 18 heures dans un garage et disposait de moins de tonus pour faire l'idiot.

Sur la suite des événements, Youri voulait bien prendre acte des inquiétudes de sa femme mais il ne servait à rien d'anticiper, la famille n'avait de toute façon nulle part où aller.

Quand Marina réalisait qu'elle était prisonnière sur terre, elle franchissait des crêtes de nervosité derrière lesquelles elle craignait de tomber.

Un aigle s'invitait au-dessus de la tête de la jeune mère, déployant son ombre et des serres qui venaient la chatouiller.

Désormais, elle ne se déplaçait jamais sans son rapace. Il était là quand elle allait à la pharmacie, il était là quand elle donnait le bain aux petits, il disparaissait parfois quand elle était dans son lit ou absorbée par ses casseroles mais elle savait, car elle le connaissait bien, que l'oiseau n'était jamais loin.

8

La belle dame était sortie du train, et de loin, à sa manière de se tenir, le menton haut, un air de dédain pour ce qui l'entourait, l'air de celle qui croyait que ce serait facile ici, tout le monde avait pu voir qu'elle était russe. Marie, la mère de Youri, était arrivée en Belgique. Elle avait dépassé la cinquantaine à présent et le Théâtre Maly ne lui donnait plus de rôle à sa mesure. Année après année, sur scène, on l'avait éloignée des premiers rangs. Il avait d'abord été question de lui faire jouer un personnage secondaire : mais elle ne devait pas s'en faire, selon la direction c'était le temps d'une série seulement, pour montrer au public d'autres visages. Bien sûr qu'elle restait l'étoile de ce théâtre, éblouissante, inoubliable. Mais il y avait un risque de lasser et il était audacieux de se dérober aux attentes des spectateurs.

Ensuite Marie avait rejoint le troisième plan, puis le quatrième, jusqu'à faire de la figuration muette dans des spectacles où jadis elle embrasait les planches.

Avant qu'on ne lui propose d'interpréter un arbre ou un banc, elle avait demandé un congé d'un an, pris son chèque et elle était partie en jetant un dernier regard aux lustres à pampilles qu'elle savait ne plus jamais revoir.

C'étaient des adieux. Parce qu'on ne la laisserait pas revenir en Russie si elle la quittait, mais aussi parce que tout, ici, se délabrait.

On avait recouvert grossièrement toutes les références tsaristes des fresques et on avait oublié d'entretenir les murs et moulures. Ou alors à la soviétique : un coup de brosse, de l'encaustique.

Les dorures du Maly s'étaient écaillées : il aurait fallu les nettoyer au blanc d'œuf et à la queue d'écureuil.

Marie était fâchée contre les nouveaux dirigeants. Même la beauté ne connaissait à leurs yeux aucune immunité. Ils avaient détruit, tout détruit, ce qui devait l'être bien sûr, mais aussi ce qui constituait l'âme de ce pays. L'Art.

La Russie, si vaste et si froide, était l'empire de l'ennui. Et c'était de cet ennui que naissaient les poètes, les peintres, les musiciens. Ici, dans chaque famille, un enfant au moins allait devenir artiste. L'Art était la deuxième langue, bien avant la religion, bien avant la politique. Lui seul permettait d'échapper, quelques secondes par an, à l'emprise du néant.

Seulement, les révolutionnaires avaient bouleversé ces priorités.

Marie pensait que le Grand Soir ne pouvait se passer des mythes qui chantaient l'éclat de l'âme russe. Que ce qui faisait qu'un Russe était un Russe, avant d'être rouge ou blanc, c'était cette splendeur énigmatique : le bonheur de souffrir. Et que ça, ça ne se trouvait pas dans des diatribes démagogiques clamées sur estrade.

La cantatrice était partie rejoindre son fils dans ce petit pays débonnaire, la Belgique.

Le voyage avait été long et inconfortable. Les trains de luxe étaient morts et Marie avait dû changer souvent de convoi ordinaire. Mille fois elle avait cru qu'un vaurien lui volerait sa malle ou lui arracherait ses bijoux. L'un d'eux réussit à la détrousser de son chapeau : on trouverait bientôt un jeune homme crotté paradant avec du renard blanc sur la tête dans les rues de Minsk.

Mais Marie était bien arrivée à Bruxelles, dans cette petite capitale à la mentalité de province où elle sentait que chaque passant l'observait – ce qui n'était pas pour lui déplaire.

Personne en revanche pour se retourner sur le passage de sa belle-fille venue l'accueillir, et qui lui fit l'impression d'un rongeur maltraité. Elle qui était pourtant d'ascendance noble avait l'air d'une paysanne. Bien sûr il y avait ses pauvres vêtements, bien sûr il y avait ses vilaines chaussures, mais ce qui trahissait vraiment qu'elle avait la vie dure, c'était son air affolé même quand elle souriait, même quand elle feignait de jouer le jeu des mondanités. C'était l'inquiétude. La crainte que la gueule du monde vienne bientôt lui hurler à l'oreille. Marie avait espéré une bru facétieuse et désinvolte, le genre à goûter les sauces dans les pattes des domestiques, le genre saute-ruisseau avec des fards de dame mais non, Marina se passait de bonniches et de pommades.

De son côté Marina ressentit sur-le-champ un mélange d'aversion et d'admiration pour cette femme. Marie la prenait de haut, elle le sentait : sa belle-mère avait l'air de penser que Youri aurait dû mieux se marier. Finalement, Marie ne savait de son fils que les anecdotes élogieuses qu'il rapportait de lui-même.

Elle s'installa chez Ludmilla le temps de trouver une maison. La mère de Marina l'accueillit avec toute l'amabilité dont elle était incapable pour son beau-fils. Ancienne pianiste, elle pensait se trouver des atomes crochus avec la cantatrice. Mais celle-ci ne ressentait que dédain pour les femmes entretenues dont les aptitudes artistiques servaient à être agréables aux époux. La musique selon Marie ne pouvait être qu'une profession de foi.

Ludmilla lui faisait la conversation, lui cuisinait des plats d'ici, indiquait des itinéraires de promenade et comment se faire comprendre des commerçants. Marie l'écoutait en pensant à autre chose. Elle allait tracer son propre chemin car cette Ludmilla, vieillie trop jeune, n'était de toute évidence pourvoyeuse que de mauvais conseils.

Les frères et sœurs de Marina préféraient esquiver l'invitée, ils avaient à faire ailleurs quand elle descendait. Ils reportaient sur elle l'inimitié qu'ils éprouvaient désormais pour son fils et partaient du principe que s'ils l'avaient connue à Moscou, en tant que bonne communiste, Marie aurait volé jusqu'à leur dernier manteau. Une parvenue, voilà ce qu'à leurs yeux, elle représentait.

Tandis que le patriarche refusait de lever le nez de son journal, la mère de Marina donnait le change, question d'éducation et d'habitude, alors que son autorité intime lui hurlait de se tenir loin de ces extraverties, de celles qui régurgitent tout ce qui les traverse à défaut d'avoir une vie intérieure.

Elle se méfiait des femmes sans pudeur rendant accessibles au tout-venant les moindres de leurs joies et fatigues.

Toute sa vie, Ludmilla s'était employée à taire ses émotions. C'était une odalisque : mutique, secrète, enfermée à l'intérieur, au pays des épouses que l'on sort sans craindre qu'elles ne se donnent en spectacle.

Le mot distinction lui tenait lieu de boussole et de corset.

Mais la mère de Youri, elle, n'était pas distinguée. Elle était jouisseuse et chipie, elle partait dans d'énormes rires argentés, elle serrait des demi-inconnus contre son buste à rubans lorsqu'elle voulait les remercier…

Marina ignorait ce qu'elle pouvait incarner, elle qui n'était capable ni de discrétion ni de tapage. Elle qui, depuis que la grâce des débuts avec Youri s'était dissipée, ne se trouvait plus la moindre séduction.

Il lui semblait que quand elle traversait la chaussée jadis, à l'heure où son cœur était noué à celui de son mari, la rue gelait son tumulte pour mieux l'observer. C'était une allure, un magnétisme qu'elle avait. Maintenant, la rue l'ignorait.

L'amour lui avait donné sa valeur puis l'avait reprise.

Sortez un peu, allez vous amuser, ordonnait Marie, qui se mêlait avant tout de ce qui ne la regardait pas, quand elle avait compris que le couple de son fils avec cette femme était mou, tiède et aurait tout aussi bien pu être celui de ses arrière-grands-parents.

De manière générale, Marie abhorrait les femmes, disait des choses odieuses et prétendait que celles-ci étaient par essence ennemies. Elle les pensait médiocres de naissance. Mais Marie s'était débrouillée seule toute sa vie. Elle avait travaillé, elle avait donné naissance à un garçon et elle avait voyagé au mépris des protocoles et des convenances, sans jamais se départir de son panache. Pour Marina, il y avait beaucoup à apprendre de Marie. À commencer par la manière dont elle suscitait la vénération de son fils. En sa présence, Youri se muait en premier communiant.

Marina regardait sa belle-mère comme une biche, un lion. Avec l'humilité de celle qui se sait bonne à être dévorée.

*

La cantatrice prit un appartement rue du Mail, dans un proche et curieux quartier industriel lié au secteur automobile. Une église orthodoxe y était enclavée entre deux garages. Pour rentrer dans ses frais, Marie sous-louait une chambre à des jeunes femmes, des Roumaines ou des Russes, souvent des filles de la campagne chassées par leurs patrons après avoir décliné leurs avances, et qui espéraient trouver à la ville de quoi subsister. Quand on sonnait chez Marie le soir venu, on tombait sur des nymphettes à l'épiderme sans défaut, inconscientes de leur séduction, la robe de chambre ouverte sur des nuisettes laissant deviner la forme des mamelons.

On se serait cru au bordel, avec Marie en mère maquerelle.

Ludmilla était épouvantée. Youri, enchanté. Marina, elle, avait mal au cœur pour ces demoiselles, qui devaient certainement monnayer leur intimité et n'avoir de toit sur la tête que parce qu'elles étaient belles. D'ici quelques années, quand elles auraient atteint la trentaine, elles auraient perdu tout leur attrait. Les hommes s'en détourneraient et on les retrouverait à nettoyer des cabinets.

Youri et Marie étaient heureux de se voir si souvent à présent.

Quand le jeune homme rentrait du garage où il travaillait, il n'était pas rare qu'il fasse un crochet rue du Mail et que sa mère lui prépare un goûter. Elle ne l'avait pas vu grandir, elle n'avait pu l'accueillir au retour de l'école avec des biscuits ou un flan. C'était alors que son fils avait 27 ans qu'elle pouvait enfin jouer à la maman.

Marie dressait la table dans la salle à manger, renvoyait ses locataires dans leur chambre et servait à Youri une tasse de chocolat. C'est elle qui se levait pour nettoyer les auréoles brunes sur le Bulgomme.

Le fils parlait à sa mère d'une voix fluette, réclamait des caresses de chaton. Il n'avait pas vécu une enfance normale. D'abord il avait été petit, le lendemain il était devenu l'adulte escortant une vieille dame en terres étrangères, et le jour suivant il avait dû être père. Tous deux avaient du temps à rattraper.

Elle surjouait les louves, il faisait le poussin.

Toute une mascarade à laquelle Marina n'avait plus l'énergie de se plier. Au fond, elle avait beau se méfier de sa belle-mère, ça l'arrangeait que Marie soit venue vivre auprès d'eux.

C'était confortable. Elle pouvait lui déléguer une partie de ses devoirs d'épouse, celle relative au délassement de l'homme fatigué. Marina pouvait même lui confier les petits, quand elle avait des courses à faire.

La diva trouvait les enfants maigres et les gavait de saletés. Vadim et Nikita l'adoraient.

À l'intérieur, Marie jouait avec justesse le rôle de la femme de charge, et à l'extérieur, elle devenait mondaine sans effort. Elle avait tous les talents.

Et puisque cela faisait plaisir à son fils, elle rendait tous les services.

Ainsi allait la vie à Ixelles : d'un côté, des grenouilles de bénitier nostalgiques des temps jadis, et de l'autre, une gloutonne de plaisirs. Youri, entre les deux, faisait du slalom. Et s'il trouvait là son équilibre, si c'était chez sa mère qu'il disparaissait après le travail, se rassurait son épouse, alors ça ôtait à Marina de nombreuses inquiétudes de la tête.

9

Et puis la fin du monde eut lieu.

Le vendredi 10 mai 1940, sept mois après la déclaration de guerre faite à l'Allemagne par la France et l'Angleterre, Hitler engagea les troupes de la Wehrmacht sur le front de l'Ouest et envahit les Pays-Bas, la France et la Belgique. Bruxelles fut bombardée.

L'ère du rationnement obligatoire débuta et modifia durablement la physionomie des garde-manger.

La Drougina, cette troupe scoute paramilitaire bruxelloise de trois cent cinquante Russes, fut instantanément dissoute et ses archives détruites, pour éviter que les nazis ne s'en servent. Et aussi parce que son idéal avait disparu. À l'approche des Allemands, si une partie de ses « soldats » avaient décidé de s'engager à l'assaut du bolchevisme, une autre s'était ralliée au camp soviétique. Tant pis pour les saluts au drapeau, les prières et les chants dédiés au Saint Empire durant toutes ces années. Tant mieux pour les leçons de balistique extérieure, qui allaient peut-être enfin servir. La majorité de ces jeunes restaient toutefois en apparence indifférents à ces événements provoquant en eux une curieuse dissonance.

La Belgique attaquée s'agita pendant dix-huit jours dans un infernal boucan de chenilles puis capitula.

Dans l'intervalle, la moitié des habitants de la chaussée d'Ixelles avaient filé. Le voisin de gauche possédait une maison de famille en Dordogne, là où les pierres sont jaunes et les berges vertes ; il s'était souvent vanté de ses sept chambres et multiples dépendances éparpillées sur plusieurs hectares d'herbe grasse, il disait pouvoir y loger un village entier : il était pourtant parti sur la pointe des pieds, de nuit, sans y convier les Maroutaëff.

Les Belges avaient des réseaux, des combines, ils étaient logés ici et là en fonction de leurs amitiés ou de leurs cousinades. Il semblait que tout le monde était parti dans le sud de la France, sauf eux.

Eux n'avaient pas d'amis propriétaires de grandes longères. Eux n'avaient pas d'oncles à la tête de vastes exploitations. Eux n'avaient pas de papiers, de solution de repli. Déchus de leur nationalité par la Russie soviétique, ils étaient apatrides. Seuls.

Quand ils allumaient la radio, ils tombaient sur des cours d'allemand prodigués par un professeur de la Deutsche Schule. L'Institut national de radiodiffusion avait été réquisitionné par les nazis pour y installer leur mégaphone, Radio-Bruxelles, qui émettait en français des messages propagandistes lus par des Belges dont on ne savait s'ils avaient le couteau sous la gorge ou s'ils croyaient vraiment à ces sornettes d'œuvres sociales de Hitler et de foules en liesse au passage de l'armée germanique.

L'après-midi, on écoutait Norbert Schultze, célèbre compositeur de musique de films auquel on devait « Lili Marleen » et qui s'illustrera plus tard, à la demande du ministre de la Propagande, avec « Führer, commande nous te suivons », « Les Panzer roulent en Afrique » ou encore « Des bombes sur l'Angleterre ».

Marina se pinçait : dans son petit appartement, le voisin de droite s'était mis à élever des lapins pour s'en faire des pantoufles et vendre le reste au marché noir, qui prospérait déjà. Les animaux grignotaient ses meubles et leur propriétaire venait parfois emprunter une chaise à la jeune Russe.

Bruxelles occupée ressemblait à une nef de fous.

Le 17 juin, c'est la France qui se ratatina. « Je me suis adressé cette nuit à l'adversaire, déclara le maréchal Pétain, pour lui demander s'il est prêt à rechercher avec moi, entre soldats, après la lutte et dans l'honneur, les moyens de mettre un terme aux hostilités. » Le 22, l'armistice fut signé.

L'endurance de la France était la dernière jambe à tenir Marina en équilibre. Tant que le géant voisin se rebiffait, il subsistait des raisons d'espérer. Elle ignorait lesquelles, ce n'était pas clair, mais tout de même c'était quelque part, à l'avant du convoi, une lumière pour ouvrir la marche.

Cette défaite n'était pas seulement celle des armées et des dirigeants, c'était celle de la liberté, de la joie, c'était un affaissement généralisé, dans les cœurs et dans les corps. L'illusion des illusions, celle qu'il y avait des lingots à la banque, qu'il restait des adultes responsables et qu'on pouvait compter sur des institutions, des tactiques et des sortilèges de protection, s'était évaporée.

La reddition de la France, pour Marina, fut une déception à peine dicible, un abandon.

Elle découvrait que le malheur était un chapeau de magicien et que si on en frappait la calotte avec vigueur, elle révélait un double fond.

Lorsque les premiers nazis s'installèrent à Bruxelles, Marina vit des passants affables les saluer avec la même familiarité que s'il s'agissait de l'instituteur ou du curé. Les hommes en uniforme couleur campagne gelée se fondaient dans la gamme chromatique de la ville, entre le gris pigeon du ciel et le gris pluie des pavés.

Les soldats avaient l'air heureux, ils se sentaient bien en Belgique, ils offraient des cigarettes à des jeunes filles qui tortillaient des mèches autour de leurs doigts et avaient des regards de cocottes.

Marina était saisie de pulsions quand elle traversait la rue, elle devait s'empêcher de secouer la première venue comme un tapis : qu'est-ce qu'il faut pour te réveiller, pauvre idiote ?

Youri n'aimait pas les Allemands non plus, mais il n'en faisait pas une maladie.

Les époux se disputaient souvent à table, devant les enfants. Marina en voulait à Youri de sa passivité : il semblait seulement attendre, attendre qu'il se passe quelque chose, mais qu'espérait-il donc ? Que les Allemands plient bagage en s'excusant pour le dérangement ?

Si elle persistait à tout prendre au tragique, avertissait Youri, il irait vivre chez sa mère, dans la grande maison qu'elle projetait d'acheter en Brabant wallon. Il s'y voyait déjà, à boire et fumer dans le jardin, le nez sur le brasero avec les gars des environs.

L'inquiétude de Marina lui piétinait les nerfs. Il avait besoin d'une adulte à ses côtés, de quelqu'un qui saurait toujours se débrouiller. Il se mettait à douter, en regardant la fillette qu'il avait épousée.

10

Ils avaient pris le tram, à cinq, Youri, Marina, Marie et les petits, pour se rendre à Morsaint. Le village consistait en une grappe de maisons en pierres sèches, le long d'une mauvaise route, où l'on ne rencontrait derrière les porches que quelques vieux ne tenant plus assez à la vie pour décamper en France. Quelques fermiers, aussi, dont les affaires n'avaient jamais aussi bien tourné. Il s'agissait parfois des mêmes.

Marie, la mère de Youri, trouvait leur quartier d'Ixelles dangereux et souhaitait déménager.

Elle disait qu'ils étaient tous à découvert sur leurs grosses artères et que si les Allemands, comme l'affirmait la rumeur, se mettaient en tête de bombarder Bruxelles, les Maroutaëff étaient en première ligne pour finir en purée.

Une des filles qu'elle logeait venait de là, de ce hameau du Brabant wallon où résidaient toujours ses parents. Elle savait qu'il y avait une maison à vendre qui ne trouvait pas preneur, une bâtisse de neuf pièces avec salle de bains et verger sur trente-quatre ares de terrain, le tout pour seulement cent cinquante mille francs. La campagne environnante était jolie, il y avait des hêtres pourpres qui donnaient aux étés des mélancolies d'automne.

Et puis, Morsaint était à une demi-heure de Bruxelles grâce à un réseau ferré dense fournissant à la capitale des bataillons d'ouvriers venus des régions les plus rurales de Wallonie.

Il y avait peu d'intérêt à vivre en ville, en temps de guerre, puisque celle-ci restait accessible si l'on ressentait l'impérieux besoin d'aller se pavaner au théâtre ou au restaurant.

Les Maroutaëff se présentèrent à la porte de la maison convoitée. Le propriétaire était un paysan à casquette, qui dévisagea les femmes et s'adressa à l'homme.

Marie le corrigea avec rudesse : c'était elle l'interlocutrice, elle qui cherchait à acheter, c'était avec elle qu'il fallait parler. Son attitude impressionna Marina.

Tout impressionna Marina.

Comme la manière qu'avait sa belle-mère de s'inquiéter de choses dont la jeune femme n'avait même pas idée : la chaudière était-elle au gaz ou se chauffait-on au charbon, tel mur était-il porteur, le ruisseau tout proche connaissait-il des crues, la terre était-elle plutôt argileuse ou sableuse, quel type de légumes pouvait-on espérer en été ?

Marina rétrécissait dans son manteau en observant Marie piloter, Marie qui manœuvrait le propriétaire comme si c'était son employé, Marie qui savait tout et comprenait ces affaires de grandes personnes, de gens sérieux. Marina, elle, était du côté des enfants et n'avait pas plus de maîtrise de la situation que Nikita et Vadim. Marina n'avait même pas de compte en banque, et quand du courrier lui parvenait à la maison, sur l'enveloppe il était écrit « Madame Youri Maroutaëff ».

L'ancienne étoile du Maly connaissait jusqu'aux essences de bois du mobilier : l'escalier principal de la maison était en ormeau et cela l'avait immédiatement charmée. C'était la première fois que Marina entendait ce mot, ormeau, qui ressemblait à une espèce d'oiseau. La première fois aussi qu'elle voyait de la toile de Jouy, sur des rideaux que Marie demanda à racheter. Ces scènes bucoliques monochromes imprimées sur un épais coton indien enchantaient la cantatrice et lui étaient devenues indispensables sur-le-champ. Elle voulait se réveiller le matin face à ces petites lavandières ravissantes dessinées en vieux rose.

Sur trois étages de plancher massif se déployaient des pièces vastes et lumineuses, la plupart équipées d'un poêle à bois. Marie ouvrait les portes, disait qu'il faudrait poser des tapis pour amortir les bruits, tirait une chasse : elle était déjà reine en sa demeure.

Une dépendance était attenante au bâtiment : elle en ferait une salle de danse, elle commanderait des miroirs. Youri, lui aussi devenu tout petit face à sa mère, petit comme Nikita et Vadim, lui demanda ce qu'elle ferait d'une salle de danse, elle qui ne dansait pas, du moins pas en tutu avec une barre.

Marie fit claquer sa langue sur son palais, l'air de dire que son fils était cruche. Elle aménagerait une salle de danse car se tiendraient chez elle des cours de danse, les plus courus de la région. N'avait-elle pas été une vedette du Théâtre Maly ? Certes, elle ne faisait que chanter. Mais les Belges n'y verraient que du feu : les Ballets russes connaîtraient une succursale à Morsaint, Marie jouerait trois notes de piano, donnerait des directives rudimentaires et les fillettes du Brabant wallon seraient ravies de délester leurs parents de leur argent pour remuer leur derrière.

L'ingéniosité de cette femme soufflait sa bru, qui se sentait godiche à côté. De sa montée de marches leste à son rire autoritaire en passant par l'odeur de pivoine qui la suivait, tout en Marie rappelait à Marina qu'il n'était pas obligatoire d'être ordinaire, et qu'elle-même s'était laissée dériver dans un relâchement bien éloigné du raffinement russe.

D'un seul coup, Marina se mit à la haïr avec une intensité proche de la nausée.

Que cette pimbêche s'en aille de Bruxelles, bonne idée. Et qu'elle emmène aussi son petit garçon avec elle. Qu'ils la laissent vivre. Qu'ils l'autorisent à être elle-même. Marina était à ça de les planter là, de sauter dans le tramway pour rentrer, mais elle pensa qu'ils ne le remarqueraient même pas. Alors elle chassa sa colère et prit ses fils par la main pour éviter qu'ils ne trébuchent sur un clou rouillé.

Marie remit une enveloppe épaisse au propriétaire et l'après-midi même, déjà, elle s'installa dans une maison qui n'allait plus être appelée que par le nom du village : Morsaint. On dormirait à Morsaint, on donnerait une réception à Morsaint, les petits seraient les bienvenus à Morsaint, il faudrait songer à un nouveau papier peint pour Morsaint.

11

Vous avez cette géographie commune avec Marina, sur laquelle tu peux superposer vos silhouettes, un peu comme ces calques peints dispensant, aux premières décennies de la discipline, les dessinateurs de films d'animation de tout recommencer à chaque image. Vous avez habité, visité, fréquenté les mêmes endroits. Pas seulement à Bruxelles, et c'est là que ça devient déconcertant. Ton adolescence, tu l'as ainsi passée collée à la bouche de Nicolas, un garçon russe d'une beauté douloureuse, dans un hameau mitoyen de Morsaint. De tes 16 à 20 ans, tu vivais le plus clair de ton temps dans ces paysages de champs et de mauvais chemins. Tu te souviens que chez lui, tout tournait autour de la Russie, que Nicolas et sa famille vivaient dans la nostalgie d'un temps et d'un continent qu'ils n'avaient pour certains pas connus. Alors tu te dis que Nicolas, devenu un anthropologue spécialiste du Caucase, doit savoir des choses sur Marina, mais Nicolas qui sait tout, pour le coup ne sait rien. Jamais entendu parler des Chafroff ni des Maroutaëff. Et ce blanc, ce trou dans ses connaissances te paraît exprimer plus fort que ne le ferait n'importe quelle banderole à quel point le sujet te réclame. Ces derniers temps, tu es convaincue qu'il t'implore.

Il y a quelques jours, tu as ainsi été invitée, comme tu l'es parfois, à évoquer ton métier, à parler d'écriture devant une classe d'adolescents. À la pause, leur professeur de français, une dame qui t'avait accueillie avec gentillesse, t'a demandé sur quel sujet tu travaillais en ce moment. Tu lui as raconté Marina, Marie, Morsaint, et elle a embrayé sur son ancien voisin, Georges Maroutaëff, oui, à Morsaint, un vieil homme si touchant, « je l'adorais, a-t-elle dit, je l'appelais Youra », le diminutif de Youri, celui qu'on donne en russe quand on veut être gentil. Youra avait gardé jusqu'au bout des armes dans le jardin, des armes au cas où les Allemands reviendraient, des grenades et des fusils dans une galerie dont l'issue débouchait sur le terrain de la dame. Elle a précisé qu'il était un peu bizarre, ce vieux, sur la fin. « Mais si mignon. » L'impétueux cheval cabré Youri était donc devenu un Youra, l'adorable papy.

La probabilité que chacune de tes conversations mène à Marina paraît s'approcher de 1, ce qui finit d'insinuer en toi la conviction que tu as été élue, que Marina elle-même voudrait que tu la racontes. Les gens autour de toi, ça les fait gentiment sourire. On trouve toujours des hasards quand on en cherche. Tu persistes : tes proches savent tout de même que tu es peu encline à voir autre chose que des accidents dans les coïncidences, que les emballements mystiques, ce n'est pas ton genre. Ça ne les empêche pas de te regarder, attendris, avec l'air de te trouver une amusante petite lubie.

Mais ce matin, en cherchant d'éventuels descendants de Marina à rencontrer, tu parcours un site d'arbres généalogiques auquel tu es inscrite depuis que tu fais des recherches sur ta propre ascendance, et tu inspectes la fiche des sœurs de Marina, parmi lesquelles une Tamara apparaissant sous son nom de femme mariée. Le patronyme t'est familier : c'est le même que cette fille, Charlotte, cette amie d'adolescence avec laquelle le contact s'est effiloché à l'âge adulte. Tu ne t'étais jamais dit que Charlotte pouvait être russe. Vous n'en aviez jamais parlé. À l'époque, tu trouvais qu'elle avait un nom joli, un nom de vodka, c'est tout.

Puisque tu penses à elle, tu lui envoies un texto pour le lui faire savoir, pour lui dire Coucou Charlotte, à la faveur de ce hasard.

Et Charlotte t'appelle, dans la minute, en reniflant, d'une voix ressuscitant l'été de tes 18 ans : Tamara, feu sa petite grand-mère, son adorable babouchka, celle qui lui a donné son deuxième prénom, était bien la sœur aînée de Marina. Charlotte ne dispose que de rares connaissances sur sa grand-tante, mais elle a été élevée dans le ressassement de son souvenir. Elle te jure qu'elle sent, qu'elle est certaine que tout ça est écrit, qu'il y a une raison pour laquelle Marina s'est invitée dans ta vie, que Marina t'a désignée. Et tu la crois. Bien sûr que tu la crois.

12

Marina s'était rendue plusieurs fois chez le docteur après que son aigle avait fondu sur elle et qu'elle s'était retrouvée recroquevillée sur le carrelage de la cuisine, les mains en cuiller devant la bouche, à respirer par petites gorgées pour tenter de ralentir son cœur.

Le médecin estimait que Marina n'avait rien, rien du tout, qu'elle s'inventait des problèmes et que si elle était fatiguée, elle n'avait qu'à dormir, voilà tout.

Youri, lui, l'encourageait à faire montre d'un peu de volonté. La mélancolie était un passe-temps de bourgeoises oisives.

À la pharmacie, Marina se procura des sels Kruschen dont la réclame vantait les propriétés sur la santé et l'humeur. Ils devaient lui purifier le sang, la mettre à l'abri des migraines, lui épargner diarrhées et constipation, et promettaient souplesse et promptitude matinale.

Ils n'eurent pas d'effet.

Marina s'administra ensuite quelques milligrammes quotidiens de quinine. C'était un conseil de sa mère, qui prétendait que l'analgésique aidait à lutter contre les accès de terreur, mais la potion eut l'effet inverse de celui recherché : une course se menait à l'intérieur de son corps, entre chaque organe décidé à fonctionner en toute hâte. Son cœur gigotait dans sa poitrine, pareil à un enfant mordu, son ventre bourdonnait, et entre les deux, une membrane dure lui obstruait le souffle.

Elle pouvait passer des journées sans prononcer un mot, prisonnière d'elle-même, car il n'y avait rien qui puisse être dit, énoncé et partagé. Il se creusait un gouffre en elle, une béance, dont les bords dessinaient les contours de la Sainte Russie, cette Russie rêvée et si peu vécue.

Les journaux belges battaient à présent pavillon nazi. On y lisait des tirades serviles envers les Allemands, qui ressemblaient à des farces. On disait les aimer, les admirer, on leur trouvait mille qualités.

Pendant ce temps, ceux-ci réquisitionnaient des cinémas, des bordels, ils collaient leurs affiches aux frontispices des plus grands bâtiments et ils organisaient des pénuries.

À Bruxelles, on manquait de tout. Marina chauffait sa poêle avec un fer à repasser, elle retournait l'appareil entre deux tabourets, le branchait à l'électricité – quand il y en avait – et à l'aide de la semelle ainsi devenue plaque de cuisson, elle rissolait ses pommes de terre.

Les vêtements aussi étaient rationnés. Le tissu faisait défaut. Sur la liste des habits autorisés dans un ménage, on trouvait deux pull-overs pour les hommes et un seul pour les femmes, sans que soient précisées les raisons de cette défaveur.

Marina était à présent une ombre pâle qu'on pouvait confondre avec les murs.

Pourtant, et c'était à n'y rien comprendre, les lieux de plaisirs ne désemplissaient pas.

Partout dans Bruxelles, on programmait des spectacles de claquettes annoncés avec emphase, des tours de chant qui ne cessaient de se prolonger : Johnny Hess, la grande vedette de *Je suis swing* se produisait ainsi à guichets fermés au palais des Beaux-Arts ; dans telle salle on pouvait voir « un désopilant clown musical », dans telle autre « une exquise diseuse » ou « un fantaisiste ».

Au cinéma c'était l'année Danielle Darrieux, il n'y avait qu'elle sur les écrans, dans des tas de films différents.

À la Monnaie, on proposait chaque soir un nouvel opéra.

Les théâtres ajoutaient des représentations, ils jouaient désormais le lundi aussi.

Marina trouvait ces divertissements obscènes. Qui, mais qui avait le cœur à rire et à danser ? Quels étaient ces imbéciles qui parvenaient à se soustraire à l'actualité ?

Les ordonnances contre les Juifs se succédaient : au rythme auquel on les privait de tout, ils ne seraient bientôt plus autorisés à respirer. Ils ne pouvaient déjà plus être professeurs, journalistes ou avocats. Ils n'avaient même plus le droit de posséder un poste de radio : on les apercevait faire la queue pour remettre leur appareil aux autorités. Les nazis disaient que la propagande antiallemande se disséminait ainsi, par les programmes que les Juifs écoutaient.

La plupart des Russes de la communauté, de longue date immigrés, n'y avaient pas grand-chose à redire car ils considéraient ces gens comme « mal intégrés », trop adroits à crier misère, s'excluant d'eux-mêmes de la communauté nationale.

Marina voyait de temps en temps débarquer des Juifs à la maison. Youri avait trouvé un filon : il réparait les appareils TSF de rechange endommagés, ceux qui n'avaient pas été rapportés aux Kommandanturen, et il revendait les vieux postes qui traînaient dans son atelier.

Marina, à l'opposé des autres Russes blancs, et sans qu'elle s'explique ce qu'elle tenait pour une aberration de leur part, avait de l'empathie pour ces éternels exilés, sans cesse accusés. Elle pensait comprendre ce que ça faisait, de n'avoir de place nulle part, de devoir se tenir prêt à cavaler.

Marina était émue par les petits délits qu'ils osaient. Ils risquaient la prison pour pouvoir écouter les nouvelles des Alliés. Les Juifs du quartier, plus soucieux, plus creusés que les autres, contournaient les interdictions, refusaient de se résigner à la place qui leur était attribuée.

C'est en voyant ces Juifs sortir de chez elle, leur radio couverte de chiffons dans une charrette à bras, c'est en tâtant la gaieté qui survenait en elle, fugace, en ces rares instants, qu'il vint à Marina le désir ou plutôt le besoin de se mettre en infraction. De contrevenir. De balancer un bras d'honneur aux règlements et à ceux qui les faisaient.

C'est là que perdurait encore chez elle un élan vital. Dans le refus de s'accommoder de la situation.

Débuta alors la guerre de Marina.

13

C'était si beau, ce qui passait sur Radio-Moscou. Si galvanisant. On y entendait Chostakovitch et Prokofiev, mais avant tout les discours de dirigeants russes.

Marina s'en inondait à longueur de temps, depuis que l'émetteur était passé en ondes courtes.

La nuit, elle descendait dans l'atelier de Youri et tapait à la machine ce qu'elle avait entendu.

Il demeurait encore des hommes de foi, il restait de grandes espérances sur les berges de la Volga. C'est le message qui était psalmodié.

Marina recopiait, dans sa langue natale : « Lénine naquit le 22 avril 1870. Lénine fut le plus grand génie de l'humanité et aussi son plus grand homme d'action. Il fut le continuateur de Marx et Engels, l'éducateur du prolétariat. Seuls les vrais bolcheviques, le Camarade Staline en tête, ont aidé et soutenu Lénine. Lénine et Staline ont été les piliers de la révolution d'octobre.

« Grâce aux enseignements de Lénine concernant l'hégémonie du prolétariat dans la révolution socialiste, le prolétariat russe a su conquérir le pouvoir. »

Ces propos résistaient légèrement à la compréhension de Marina, ils gardaient une opacité mais les speakers avaient l'air pénétrés de ce qu'ils disaient et la tonalité grave de leur voix, leur ardeur, ce qu'elle sentait de conviction et d'entrain dans leurs allocutions la ravissaient.

Elle tapait, et elle tapait encore. « Le marxisme est une science liée à la vie ; il ne reste pas sur place, il se développe et se perfectionne. La grandeur de Lénine c'est de ne pas avoir été l'esclave de la lettre du marxisme. Pour lui le marxisme n'était pas un dogme mais un guide pour l'action.

« Le chef de l'humanité Lénine a affermi dans les cœurs de tous les opprimés l'espoir d'un magnifique avenir. »

Les programmes parlaient de compétitions de jeunes gymnastes, donnaient des nouvelles de la réfection d'écoles, annonçaient la construction de cinémas et de routes. Selon toute vraisemblance, la Russie continuait de vivre et de rêver. En Belgique il n'était pas question d'espoir, d'avenir. Il était question de s'y faire.

Marina recopiait et traduisait les émissions de Radio-Moscou en plusieurs exemplaires, dans son français poli tapissé de fautes d'orthographe, et sortait les agrafer aux arbres des rues d'à côté. Le lendemain, il n'y avait plus qu'un confetti de papier sur le clou, mais elle se disait qu'il s'agissait peut-être de quelqu'un qui souhaitait lire ses bulletins chez lui sans se faire remarquer. Alors la petite sténo du Kremlin n'était pas fâchée.

Ses informations sur la guerre se déroulant ici, dans le « monde capitaliste », Marina les prenait sur les ondes russes. Où l'on prétendait que 60 % des enfants belges et français avaient déjà cessé de grandir, faute de nourriture.

Vadim dans les bras, Nikita absorbé par un devoir, une casserole sur le feu, Marina entendait à la radio une chose qu'elle ne savait même pas exister : de la considération pour les femmes. Pour les queues qu'elles devaient faire, ici, dans le froid à se ravitailler, pour les longues journées à l'usine de celles qui travaillaient, interrompues par une seule assiette de soupe, pour leur salaire inférieur à celui des hommes.

Il n'était jamais venu à l'idée de Marina qu'il y avait une quelconque injustice là-dedans : elle pensait les travailleuses moins payées, partout dans le monde, de tout temps, pour la simple raison qu'elles étaient moins endurantes et moins compétentes.

On disait qu'il ne fallait pas faire confiance à une doctoresse et à peine plus à une receveuse de trams. Les femmes étaient incitées à faire des études, certes, mais pour leur propre satisfaction intellectuelle et non par ambition professionnelle.

Les médias officiels assignaient aux épouses le rôle de veiller au nettoyage de la maison, et une fois les lessives et brossages effectués, de ne pas oublier leur propre hygiène « afin que la crasse des choses lavées ne passe pas aux choses lavantes ». *Le Pays réel*, le journal du parti Rex, croyait savoir que la Belgique était le pays du monde où les maisons étaient les plus propres et les femmes les plus sales.

Marina n'était pas une penseuse. Dans la vie, personne ne lui avait rien appris à part le piano et la couture de quelques ouvrages de dames. Elle avait lu peu de livres, elle n'avait pas eu de mentor, de camarades. En écoutant la radio, qui égrenait des chapelets d'invocations à la gloire de la Russie, elle avait le sentiment d'aller à l'université, de se remplir jusqu'à la garde de concepts stimulants. Là où la guerre avait fermé des portes, Radio-Moscou ouvrait des fenêtres.

Et puis, le 22 juin 1941, des hordes hitlériennes débutèrent leur labour sauvage des paysages russes. L'opération Barbarossa fut lancée. Le pacte de non-agression germano-soviétique, trahi. L'armée la plus puissante au monde allait se cogner au peuple le plus fier du monde, à moins que ce ne fut l'armée la plus fière du monde qui s'apprétait à frapper le peuple le plus puissant au monde.

Quand elle entendit l'annonce de l'invasion, de stupeur, Marina lâcha le petit couteau à la pointe duquel elle ôtait les yeux des pommes de terre au-dessus de l'évier. La lame fit un bruit de catastrophe.

L'URSS était en guerre.

Dès les premiers jours, les prisonniers russes se comptèrent par centaines de milliers. Il y avait des bataillons de jeunes femmes : elles aussi étaient capturées, enfermées, tuées.

Des cartes de la progression de l'armée allemande en Russie étaient affichées par l'occupant dans les rues de Bruxelles, et il y avait des hommes à chapeau qui expliquaient ce qu'ils voyaient à leur épouse en pointant les différentes régions du plan avec leur canne.

Léon Degrelle, neveu spirituel de Hitler, tribun convulsif, envoya des hommes sur le front de l'Est. À l'occasion du départ de la légion Wallonie, un grand spectacle fut organisé au palais des Beaux-Arts.

Sur le fronton du bâtiment, quelques mois plus tard, on pourrait voir se balancer l'affiche d'une exposition montée en collaboration avec des Russes blancs de Belgique, intitulée *Voici les Soviets*, illustrée par deux personnages répugnants à nez crochu et chapeau cornu, le plus laid arborant l'étoile de David. On y aurait reconstitué un village russe dans l'état où les Allemands diraient l'avoir trouvé en débarquant dans le pays : un amoncellement de cabanes lépreuses. Le clou du spectacle serait cette chambre de torture de la police d'État, munie de rigoles où était censé s'évacuer le sang des victimes, construite pour dissuader les Belges d'espérer la victoire de l'armée russe. On y ricanerait également de la réplique d'une « villa », sorte d'enclos à bétail où, dirait-on, se côtoyaient hommes et cochons. Ces bolcheviques étaient des sauvages, sales, ignares, concourant bille en tête à leur propre désolation.

Au sein des conversations de la famille Charfoff, cette idée n'était pas neuve. Elle était non seulement tolérée, mais répétée.

Marina demandait qu'on évite le sujet en sa présence, elle se raidissait dès qu'il était abordé, mais ses frères tenaient à lui faire la leçon. Ils avaient bien remarqué qu'elle se piquait maintenant d'avoir des opinions. Il fallait lui faire passer cette marotte. Marina devait cesser de se croire savante car elle en devenait repoussante : comment s'étonner, disaient ses frères, que son mari saisisse toutes les occasions pour traîner dehors. Ils n'aimaient pas beaucoup ce garçon, mais là-dessus au moins, ils étaient alignés.

Marina oubliait-elle d'où elle venait ? Se souvenait-elle que sa famille avait dû se réfugier à l'Ouest, qu'elle avait été chassée par ces saletés de communistes ? Savait-elle qu'ainsi séduite par les théories des rouges, elle insultait la carrière de leur père, dont le tsar lui-même avait dit qu'il avait été un brillant militaire ? N'avait-elle aucun esprit de solidarité avec son peuple martyr ? N'avait-elle point entendu parler de ces bagnes, loin là-bas, sur des îles battues par les vents, dirigés par d'anciens criminels, où l'on mourait d'épuisement à casser des cailloux, puni d'avoir été prospère ?

Les frères de Marina, cultivant une pose de pauvreté grandiose, ressassaient un glorieux passé militaire, des histoires de cosaques virils et de soldats triomphant au milieu de vastes étendues de neige, et saupoudraient ces légendes de mysticisme orthodoxe.

Mais c'était trop tard. Marina n'était plus là, elle avait rompu le rite. Elle observait le front depuis l'arrière, avec les mutilés.

Et si elle pensait toujours à Dieu autant qu'à ses enfants, elle n'allait plus à l'église. Le pope menait l'office comme il l'aurait fait il y a cent ans : il fallait aimer son prochain, être charitable avec les nécessiteux et faire honneur à la mémoire des grands chefs des armées angéliques. On lévitait au-dessus de la douleur des gens. Il n'était jamais fait mention de la guerre ni de l'occupation.

Dès Barbarossa, le ton des émissions de Radio-Moscou changea.

« Dressez-vous contre l'ennemi fasciste ! Exterminez les Allemands et leurs valets comme des chiens enragés. Paysans, pas un kilo de pain, pas un kilo de viande pour les bourreaux. Cachez vos vivres plutôt que de les livrer. Ouvriers, sabotez le travail, travaillez lentement, rendez inutilisables les produits destinés aux engins de guerre. Faites dérailler les trains ! Luttez ensemble contre l'Allemagne. L'heure de la libération approche. »

Les speakers, ménageant des effets poignants en fin de phrase, déclaraient que dans son essence, le régime hitlérien était une copie de celui que la Russie avait connu sous le tsarisme. Que tous deux organisaient le même genre de pogroms contre les Juifs.

Et que si les Allemands voulaient une guerre d'extermination, eh bien ils l'auraient. Ils seraient eux, rasés, rayés, ratiboisés.

On entendait les points d'exclamation dans les textes que lisaient les hommes au micro. On fourrait les silences d'applaudissements silencieux. On les écoutait et on avait soudain les nerfs à se lever. Marina avait la force de se redresser.

Alors qu'à Bruxelles, l'affichage clandestin et les tracts communistes ne s'adressaient aux femmes que pour leur recommander de réconforter leur mari, sur Radio-Moscou on les suppliait de prendre part à l'effort. Les femmes russes, qui pouvaient voter depuis la révolution, mais aussi les femmes de partout ailleurs, celles qui ne comptaient pour rien, qu'on ne mêlait pas aux affaires de la guerre, celles qu'on tenait à distance, qu'on prenait à peu de chose près pour des nuisances et auxquelles on ne faisait jamais confiance. Moscou leur parlait.

En Belgique on leur refusait le droit de vote car les socialistes et les libéraux les prenaient pour des bigotes, mais en Russie elles étaient déjà plus que de simples excroissances de peau des maris.

Femmes du monde entier. La guerre que mène Hitler n'est pas seulement dirigée contre l'URSS. Il veut asservir tous les peuples d'Europe et d'Amérique. Il ne respecte ni foi, ni loi, ni droit, ni honneur. Hitler a inculqué à ses hordes, à ce rebut du genre humain, l'idée qu'elles constituent la race supérieure. Il se sert pour atteindre ses buts de la jeunesse qu'il a fait monter sur des chars et des avions. Telles des bêtes féroces, ils obéissent à ses ordres, ils tuent les femmes et les enfants. Sous les yeux de femmes et de filles folles de douleur, ils crèvent les yeux aux prisonniers et achèvent les blessés. Et pour les récompenser de leurs forfaits, on leur permet de voler, de piller, de violer les femmes. L'hitlérisme est le pire ennemi des femmes du monde entier. Non seulement les soldats fascistes ont souillé des milliers de femmes, de jeunes filles et d'adolescentes mais ils les ont contaminées de maladies terribles. Ils ont enfermé les femmes polonaises dans des maisons closes. Que de vies ils ont brisées. Que de suicides ils ont causés dans la Pologne mise à feu et à sang mais aussi en France, en Belgique, en Hollande, en Norvège...

Les nazis violent les jeunes filles, leur coupent les seins, les éventrent, les écrasent sous les roues des camions, les écartèlent entre les tanks, etc. Hitler réduit même les femmes allemandes au pire esclavage : ce ne sont plus que des machines à fabriquer des soldats, et si elles doivent être respectées, c'est au même titre qu'on respecte une vache qui attend un veau.

C'était la première fois qu'on imposait à Marina des images mentales d'une telle violence. Ces histoires l'écœuraient mais avec elles, elle se sentait traitée en adulte, enfin. En individu. Elle serrait les mâchoires en terminant la vaisselle, de colère et d'ardeur.

« Le seul langage qu'il faut parler avec l'ennemi, c'est celui des balles, de la hache et des fourches ! » exhortait le poste TSF.

Staline était intervenu à la radio pour clamer : « Camarades, nos forces sont incalculables ! »

Son timbre sourd et gras, sa pointe d'accent géorgien, relique du rude pays du Caucase où il était né, étaient allés chatouiller des zones inconnues de la tête de Marina.

Et puisqu'il ne les avait destinés qu'à elle, dans sa cuisine, les ordres de destructions, les sabotages et les hostilités avaient semblé à sa portée.

*

Son premier forfait la ravit. Tandis qu'elle rentrait des commissions, un fonctionnaire allemand, le genre de gradé aimable et bien mis qui faisait honneur à l'administration et trompait la Belgique sur ses intentions, lui demanda son chemin : elle lui indiqua la direction opposée, dans une explication si longue qu'il dut la noter. Ah que c'était drôle d'entendre ensuite cet idiot se répandre en remerciements, *vielen Dank, liebe Frau*, puis de le voir s'éloigner à toute vitesse de sa destination. Ah que c'était bon. C'était si simple au fond.

Marina ne dit rien de sa petite insubordination à son mari. Ce serait son secret.

C'était agréable d'avoir un secret qui lui appartenait tout à fait. Et ce soir-là elle s'endormit en le sentant palpiter sous ses côtes, bien au chaud.

Dès le lendemain, elle décida de professionnaliser ce banditisme minuscule.

Prenant exemple sur quelques Belges dont la tenue débraillée laissait penser qu'ils n'avaient déjà plus grand-chose à perdre, elle faisait pivoter les flèches de signalisation et dévissait les noms de rue. Les Allemands s'étaient sentis un peu trop chez eux ici...

C'en était fini.

Elle lacérait les affiches, les avis à la population et les réclames ; tout ce qu'elle trouvait sur son chemin en langue allemande, elle le réduisait en miettes ou le surcollait de verbatim de Radio-Moscou qu'elle persistait à traduire.

À la craie, au minium, au rouge à lèvres, au bouchon de liège, avec ce qu'elle avait sous la main, Marina barbouillait les murs, les fenêtres, les trottoirs de V de la victoire, ces V destinés à saboter le moral des Allemands, que quelques rebelles faisaient fleurir sur les murs de la ville.

Les vitres des trams restaient longtemps maculées de ses inscriptions grasses, qu'on hésitait à nettoyer car le chiffon ne faisait que les étaler.

De temps en temps, elle sortait tracasser les gens du quartier qu'elle savait fraterniser avec l'occupant. Elle ramassait un morceau de pavé et le balançait contre la fenêtre, ou alors elle enroulait sa main dans un foulard et tapait avec le poing.

Qui serait allé suspecter cette dame qui se faufilait ensuite jusque chez elle, agile petite souris ?

L'émetteur clandestin serbe prodiguait des « conseils communistes » à destination des populations des pays occupés. Le serbe ressemblait au russe de la même manière que le wallon s'affiliait au français et Marina le comprenait.

À l'autre bout du micro, des hommes et des femmes enseignaient comment mettre du sable dans les boîtes à huile des wagons de trains pour faire chauffer les essieux, encombrer les voies et provoquer des retards. Ils décrivaient quels fils couper pour nuire aux télécommunications allemandes.

Youri surprit sa femme prenant des notes. Elle allait leur attirer des ennuis, reprocha-t-il, et devait arrêter ça tout de suite. Elle jura et promit, avec nulle intention de s'y tenir.

Marie, sa belle-mère, fut mise au courant de la nature des carnets qu'elle griffonnait, et lui recommanda la prudence. Marina lui répondit avec impatience qu'elle se passerait de ses conseils. La cantatrice fut sidérée par cette agressivité. Jamais Marina n'aurait osé lui parler de cette manière sans l'effet que lui faisait la radio.

Sur les ondes, un spécialiste enseignait une méthode pour fabriquer un oursin avec des clous et de la ficelle, et Marina s'en fit une douzaine qu'elle alla jeter sous les roues des voitures allemandes, à l'entrée de la ville. Elle était si petite que, dans la nuit, on la prenait pour un mauvais garnement et on ne s'épuisait pas à la courser. Ces gosses ne savaient plus comment s'amuser, il ne fallait pas trop les châtier, devait-on penser. D'autant que la plupart du temps, la chausse-trappe artisanale manquait sa cible.

Mais c'était follement drôle. Ça l'aurait été davantage si la filoute avait eu quelqu'un avec qui partager ses délits. Et ça l'aurait été plus encore si d'autres avaient pris sa suite mais la population bruxelloise lui paraissait si timorée. Ses « blagues » étaient vaines mais gaies.

De temps en temps, il se produisait des agressions mineures contre du matériel allemand, mais rien qui n'amorce un véritable élan. Avec ses canulars et ses dégradations, Marina espérait donner l'exemple. Hélas, les Allemands, qui contrôlaient les journaux et la radio, n'en faisaient pas état, précisément pour cette raison. Le pays vivait une réalité qui n'était relayée nulle part à l'extérieur des maisons.

Au marché, devant l'école ou à la blanchisserie, Marina surprenait des conversations où l'on pensait encore pouvoir coopérer avec l'occupant, où l'on ne préjugeait pas de ses intentions.

De temps en temps, les nazis instauraient un couvre-feu et fermaient les cafés. C'était comme ça qu'ils se vengeaient quand une cabine à haute tension ou un de leurs convois était saboté.

Youri prit alors l'habitude de convier les copains pour commenter les événements du jour au sous-sol, dans l'atelier où il n'y avait plus de postes TSF à réparer. Pénurie.

Il était devenu mécanicien du parc automobile de la Wehrmacht, un boulot trouvé par un voisin, planque confortable et bien payée. Tous les matins, il partait travailler en sifflant, balançant sa boîte à outils comme un enfant son cartable, et Marina en concevait un certain dégoût.

Le soir, son mari s'avinait jusqu'à tomber dans l'escalier. Les copains la bassinaient de Madame pourrais-tu l'aider à se relever, lui préparerais-tu un potage ou un café, Madame où gardes-tu les bouteilles de Byrrh dans ta maison, Madame puis-je rester dormir sur le divan ?

Et Madame descendait des draps, servait à boire et à manger, veillait sur Youri et sur ses amis.

Et Madame débarrassait pendant que les messieurs discutaient. Et Madame indiscrète surprenait des informations que Youri lui avait cachées : eux aussi, les gars de la bande, ils s'étaient mis à agacer les Allemands. Sans penser à la convier à leurs expéditions.

L'occupant avait ainsi donné l'ordre d'obscurcir les fenêtres et de rouler phares éteints. L'autorité se plaignait, dans des avis placardés dans les rues, que la population ne procède pas avec assez de soin à l'occultation des lumières. Toutes ces façades allumées constituaient, d'après elle, des incitations aux bombardements alliés.

Eh bien qu'à cela ne tienne : Youri et ses camarades se faisaient un plaisir d'incendier des poubelles ou de rallumer des lampadaires aux abords de la Kommandantur et rentraient en riant comme des singes.

Marina passait le balai sous leurs pieds et nettoyait leurs assiettes, c'était son utilité dans cette guerre, ils ne lui en concédaient pas d'autre, hormis peut-être celle de porter des enfants pour tenir l'ennemi en échec d'un point de vue démographique.

Si elle voulait vraiment participer à leurs opérations elle pouvait toujours taper et porter le courrier, une fois les petits lavés et couchés. Si ça lui faisait plaisir de se mêler.

14

Il y avait une histoire que l'on taisait, dans la famille de Marina, dont on ne savait que faire tant elle inspirait, dans des feux contraires, honte et fierté.

C'était l'histoire de Nina, l'une des sœurs de Ludmilla. Nina Petrova. Marina en avait pris connaissance en recollant des morceaux de télégrammes trouvés dans la corbeille à papier de sa mère, qui n'en recevait plus guère.

Nina était une dame d'un certain âge, à la physionomie insolente de celles qui n'ont pas ou plus besoin d'hommes. Une femme aux cheveux coupés court, une ride verticale au milieu du front, le sourcil en broussaille, qui évitait de sourire sur les photos.

Nina avait longtemps été professeure de gymnastique : elle avait enseigné les sports de ballon dans des pensions pour jeunes filles, elle aimait se dépenser, ne concevait la vie qu'au grand air et avait développé une musculature massive.

Elle-même pratiquait, pour son plaisir et sa santé, une panoplie remarquable d'activités : ski, natation, hockey, tir à l'arc... et tir de précision à la carabine. Cette discipline devint une passion. Au point que Nina entra dans une école pour parfaire ses compétences et se montra si douée qu'elle fut bientôt à son tour consacrée professeure. Elle instruisait maintenant les soldats soviétiques : des centaines d'entre eux avaient bénéficié de son enseignement et partaient le mettre en pratique sur le front de l'Est. Les élèves de Nina pouvaient déjà s'enorgueillir d'un tableau de chasse qui remontait le moral : plusieurs centaines d'Allemands avaient péri sous leurs balles.

Cela faisait longtemps que la dame souhaitait rallier les troupes. Mais l'administration était sourde à ses supplications. Cet automne 1941, à l'âge de 48 ans, autant dire aux portes de la vieillesse, elle eut enfin l'autorisation de filer au combat. C'était cela qu'elle racontait dans son dernier télégramme. Qu'elle irait se battre aux côtés des bolcheviques. Aux côtés des hommes. Qu'elle tuerait des Allemands. Nina écrivait cette phrase sans se soucier de mettre sa sœur en danger. Nina avait laissé tomber toute peur et toute retenue. Nina n'était plus qu'une bête sans bride, bien décidée à faire de la bouillie de nazis.

Sur le papier, il était écrit : « [...] transférée comme tireuse d'élite dans le 1er bataillon d'infanterie du 284e régiment d'infanterie de la 86e division de fusiliers de Tartu ». Ça ne voulait rien dire pour Marina, ça n'évoquait rien de familier, mais c'était beau, glorieux, et ça lui faisait l'effet d'avoir une tante médaillée olympique.

15

Ici, il manque probablement quelque chose. Le déclic. L'instant où ton héroïne s'embrase. Tu aimerais écrire une scène, à la fois anodine et cruelle, qui traduirait la manière dont Marina encaisse, jour après jour, le mépris qu'en 1941 on voue aux femelles. Une anecdote qui scelle sa décision de tout casser, de rompre le contrat social et de sortir pour tuer. Cette séquence, il faut qu'elle soit juste, à défaut d'être exacte. Elle doit raconter quelque chose d'impossible à réfuter, bien qu'elle soit inventée.

Alors tu parcours ton répertoire personnel à la recherche d'une allumette et d'un bidon d'essence, d'une historiette recelant en son sein les ferments d'une émeute. Et tu jettes ton dévolu sur une petite humiliation dont la cuisson se poursuit, dix ans plus tard, à l'intérieur de ta tête. C'est loin d'être la pire, pourtant. Et elle ne se comprend que si on te voit, le matin, faire une heure et quart d'autobus, fouler la moquette d'un open space, prendre ta place derrière un PC, taper tes identifiants et perdre huit ou neuf heures à couvrir une actualité qui ne t'intéresse pas, celle des people, dont tu ne sais rien, dont tu te fous, mais qui devrait, enfin espères-tu, un jour ou l'autre te permettre d'accéder à ce que tu aimes faire dans la vie, quand ton rédacteur en chef l'aura décidé, parce que même dans les basses besognes tu mets un point d'honneur à donner satisfaction, quand ton patron aura entendu la demande que tu formules depuis cinq longues années et te confiera des pages enviables, celles auxquelles tu rêvais en faisant tes études, c'est-à-dire la rubrique politique, eh bien là tu oublieras bien vite que tu as mangé ce pain noir, mais pour l'heure tu attends, tu travailles et tu attends, tu as presque 30 ans, tu penses qu'il serait bien d'avoir enfin plaisir à te lever le matin et tu crois, car c'est ce que t'ont dit tes parents, que pour réussir il faut se soumettre aux patrons, ne rien contester, faire ce qu'on te demande, et si tu trouves qu'endurer cinq ans d'études de journalisme et un semestre d'échange universitaire en relations internationales sur un autre continent pour te retrouver à écrire des critiques de jeux télé à 30 ans, ça ressemble à un mauvais investissement, tu te gardes de protester, tu fais et puis c'est tout, et si tu vois tes collègues avancer, monter, même les derniers arrivés, tu te dis que c'est certainement qu'ils sont plus doués, certes ce sont des hommes et tu es une fille, certes tu es la seule fille à écrire pour ce journal, tu dis fille et pas femme à dessein parce que c'est ainsi que tu te vois et qu'on te voit, on te tutoie quand tu vouvoies, mais il n'y a rien qui tilte, tu fais partie des meubles dans cette rédaction, tu es là depuis sa création, toujours à noircir les mêmes pages, à te dire qu'un jour ton entêtement payera.

Une fois le contexte de ton anecdote posé, il faut te voir faire bon accueil à un nouveau, un type engagé pour mettre en page la rubrique people, la tienne donc, il faut te regarder t'intéresser à sa vie pour qu'il se sente le bienvenu, lui ramener un café, pauvre cloche que tu es, lui expliquer comment se débrouiller, avec des sourires et des politesses. Pour comprendre pourquoi tu n'oublies pas la séquence qui suit, il faut voir ce Francis prendre ses aises, au point de bâcler déjà son travail, de le faire n'importe comment, car il juge que les pages people sont indignes de son grand talent, et peut-être a-t-il raison, tu n'as aucune idée de son grand talent car aux dernières nouvelles il dessinait des emballages d'aliments, mais toi cette rubrique c'est ta tâche, et l'ingratitude de ce travail n'entre pas en ligne de compte dans la manière dont tu l'abats.

Il faut observer que trois semaines après son arrivée, Francis commence à te vanner, pourquoi toi, tu ne sais pas, tu te dis que tu l'as certainement bien cherché, et tu vois les autres rigoler, mais rigoler.

Tu ne penses pas que le mec se sent autorisé parce que tu es la seule fille de la rédaction. Tu n'identifies rien de tout ça.

Il lâche des trucs humiliants, et puisque toi, ça ne te fait pas tant rire, il en déduit, tout haut, que les gens ont dû toute ta vie te traiter en princesse, « mèdême l'archiduchesse », et tu te dis « Si tu savais, mon vieux », mais tu crois qu'il serait plus humiliant encore de te justifier, de raconter qui tu es, tu ne veux rien lui donner de toi à ce con de Francis avec sa petite gueule de comptable déguisé en rockeur. Devant le chef il raille tes goûts, ta supposée inculture, il prend une voix d'oiseau pour t'imiter. Et les autres rigolent, mais rigolent. Un jour tu hausses le ton, tu demandes à Francis de cesser, et le silence tombe, pareil à un orage, sur le bureau. Puis les rires reprennent. Le boss ferme sa porte. Ce n'est pas son problème.

Tu continues de venir et Francis finit par déguerpir, ce boulot l'emmerde et il se trouve trop mal payé.

Finalement, quand il faut renforcer l'équipe politique, le chef fait appel au dernier engagé, toi ça fait cinq ans que tu attends, il s'en souvient et oui il sait, il te l'a promis, mais il n'est pas seul à décider, et puis tu les fais tellement bien, tes pages people. T'en confier d'autres les aurait « déforcées ».

Tes collègues te parlent souvent de la fois où tu t'es énervée. Ils se rappellent que tu as perdu tes nerfs, que c'était marrant, que tu étais mignonne et un peu ridicule avec ton petit emportement.

À un moment donné, bien trop tard, toi aussi tu pars, tu vas travailler ailleurs, et le chef te trouve ingrate car il estime que tu lui dois tant. N'était-ce pas lui qui t'avait donné ta chance ? Lui qui avait osé te faire confiance ?

Dix ans plus tard, tu essores ce qu'il reste en toi de cette période et, dans l'amertume de ce bouillon, comme dans une cuvette de toilettes, tu plonges la tête de ton héroïne.

Tu lui prêtes tes affects. Tu ne te préoccupes pas de ceux qui vont taxer ce parallèle d'obscénité, parce que s'il y a une chose dont tu ne doutes plus, c'est qu'il existe un lien d'humiliation unissant toutes les femmes, comme un cordon, qui se déploie de cou en cou à travers les âges. Une communauté secrète dont les archives, qu'on s'emploie à détruire, dégoulinent de pisse, de bave et de sperme. Tu ne sais plus où tu as lu que le point commun entre les femmes, le seul peut-être, c'est qu'on les traite comme des femmes. Tu ne saurais mieux dire.

Hier après-midi, une de tes anciennes consœurs a tenté de se suicider. Elle ne cachait pas que ce métier, elle le faisait par idéal. Depuis plusieurs années, elle était traînée dans la boue par une bande de « pourfendeurs du politiquement correct », « antiwoke », parmi lesquels une poignée de collègues se croyant à l'abri des poursuites et officiant par conséquent à visage découvert. Six plaquettes de benzodiazépines éventrées gisaient à côté de son évier. Une guerre lui était menée, à cette journaliste trop entière, trop grande gueule, qui devait symboliser tout ce qui réveille ces types la nuit, le chibre tendu par un mélange de haine et de désir.

La nouvelle de l'hospitalisation de cette jeune pigiste t'a fait l'effet d'un coup de barre à mine. Au lieu de vomir ou pleurer, tu as entamé une crise d'angoisse dont tu t'es extirpée en dégoupillant une bouteille de rouge. Au moment de te coucher, par sécurité, tu as gobé un Xanax, mais quatre heures plus tard tu rouvrais les yeux et fixais le plafond, le ventre troué et le cœur déchaîné. Tu as la certitude que la violence jamais rendue devient feu et qu'il n'y a pas trente-six manières de l'éteindre. Il en existe deux, au fond : l'implosion et l'explosion.

Tu penses que Marina, tu la comprends. Tu n'as aucun mal à envisager comment on peut faire d'une injustice une obsession, d'une obsession une maladie, et d'une maladie un ouragan.

*

Un soir de novembre, quand elle était descendue au sous-sol pour s'enquérir des besoins des hommes, Marina était tombée sur une scène qui lui était dédiée. Il y avait un type, un solide gaillard, qui avait posé un abat-jour sur sa tête, s'était enroulé dans un rideau, et cassait coudes et poignets sur un sac de dame imaginaire, petits doigts en l'air. Il s'était cambré à la façon d'une servante idiote de cinéma. Et il tenait à la main, tout droit sorti de la machine à écrire, le brouillon du dernier bulletin de Radio-Moscou écrit par Marina.

D'une voix perchée de maîtresse d'école, très fort, il lisait : Dans cette lutte, nous avons avec nous les peuples du monde entier, disait Staline, nous avons de puissants et nombreux alliés, nous avons avec nous tous les peuples opprimés, y compris le peuple allemand lui-même.

Dans son fauteuil, un verre de liquide brun à la main, Youri pleurait de rire.

Vivent les peuples soviétiques ! Vive la vaillante Armée rouge ! Mort aux bandits hitlériens ! Vive le grand Parti communiste ! Vive Staline ! mugit-il en battant des cils.

Le bonhomme se massait les pectoraux et feignit l'évanouissement : Oh oui, Staline ! Des sels, des sels ! gémissait-il. Moi Marina Maroutaëff, je me sens défaillir quand je lis le nom de Staline !

Un autre saisit le papier tombé à terre et entreprit de corriger les nombreuses fautes d'orthographe de Marina. Comment était-il possible d'écrire encore comme une enfant ? Quel âge avait-elle, déjà ? 33 ans ? Et la bande de se claquer les cuisses du plat de la main dans des cris de poulailler.

Les joues de Marina cuisaient.

Un autre encore la dit « adorable », Youri fit mine de le frapper : Elle est à moi ! Ne t'avise pas d'approcher ma petite femme !

L'homme déguisé, encore avachi sur le sol, poussait des soupirs et mimait des baisers.

C'était très mignon, poursuivit-il une fois debout, de s'intéresser à la chose politique, très attendrissant, oui, et il posa la main sur le poing de leur hôtesse, serré autour du goulot de bouteille qu'elle avait descendue.

Oh là là, c'est qu'elle est tendue, cette petite, sourit-il en essayant de lui écarter les doigts.

La colère de Marina les amusait beaucoup et les hommes avaient déjà bu plus qu'il n'en fallait pour rire de rien.

La jeune femme bouillait à l'intérieur. Si l'ensemble des conventions sociales et, il fallait bien le reconnaître, son gabarit extra-petit ne la retenaient pas, elle en aurait pris un pour cogner sur les autres. Une demi-seconde, elle imagina ces poivrots à l'agonie dans une mare de fluides.

Youri manquait d'air tant il s'esclaffait. Il était aussi cramoisi qu'elle à présent.

Au milieu de ces grognements, Marina se serait crue dans un tableau de James Ensor, celui où un groupe de noceurs bariolés, affublés de masques sinistres, paraissent tombés d'un cauchemar.

Il fallait que ce vacarme cesse, ça allait la rendre folle. De toutes ses forces, elle jeta la bouteille de bordeaux sur le carrelage.

La déflagration, la gerbe de verre et le vin perdu eurent le mérite de ramener le silence pendant une seconde, deux secondes, trois secondes, et quand Marina se crut tirée d'affaire, les gloussements redoublèrent d'intensité.

Mais qu'est-ce que vous faites, vous, hein ? aboya-t-elle, trop humiliée pour pleurer. À part vos braseros minables qui n'embêtent que les éboueurs ? Vous croyez que les nazis remarquent vos petites bravades ?

Pour qui vous prenez-vous ? Pour des héros ? Avec des adversaires de votre calibre, l'Allemagne sera bientôt maîtresse du monde. Qu'est-ce que c'est que ces ivrognes qui croient que la léthargie est une bonne stratégie ?

Jusqu'à preuve du contraire, vous êtes des hommes. Pourquoi ne vous battez-vous pas ? Pourquoi ne sortez-vous pas dans les rues avec des couteaux pour terroriser les nazis ? Ils le disent à la radio, en France il y a des attaques tous les jours contre l'occupant. À Nantes il y en a qui ont abattu le Feldkommandant. Et ici ? Ici rien ! À quoi servez-vous ? Avez-vous vu à quoi ressemble notre ville, pendant que vous jouez aux cartes ? À quoi ressemble la Russie ?

Youri lui posa la main sur l'épaule pour la forcer à s'asseoir et protesta : et les représailles ? Y avait-elle pensé ?

Le silence était revenu. Le vin dessinait des coulées sur le crépi du mur.

Marina faisait une de ces têtes. Des serpents s'apprêtaient à lui sortir des orbites. Vous savez ce que vous êtes ? hulula-t-elle. Des enfants. Kitik et Vadim ont plus de courage que vous. Si vous ne vous décidez pas à agir, c'est moi qui le ferai.

Youri reprit la parole. Agir ? Mais faire quoi ? Et pour quoi ? Pour être enfermés, punis, pour voir pleuvoir les sanctions sur la population ?

Tant que ceux qui savaient de quoi ils parlaient ne donnaient pas d'instruction, Youri s'interdisait toute grande action. Ce n'était pas le moment. C'était trop tôt.

Dans ce cas, c'est moi qui le ferai, répéta Marina. Elle quitta la pièce et ne pensa pas à éponger les dégâts.

16

L'immeuble planté au numéro 3 de la rue Cans était situé à quelques pas de chez Marina. Littéralement. Ils étaient au nombre de cent vingt-sept. Elle passait devant le bâtiment quand elle se promenait avec les enfants place Fernand-Cocq. Elle les avait comptés car c'était ce à quoi l'obligeait le grand rapace qui ne cessait de la suivre : un, deux, trois, se concentrer sur les pieds, chantonner les chiffres tout bas, ça permettait parfois, pas toujours mais parfois, de tromper sa tête. Se distraire ainsi sur autre chose que sur l'air qui peinait à se frayer un chemin dans ses poumons, ne pas penser à sa gorge serrée sur sa salive, lui faisait gagner un peu de sérénité.

L'affichette « à louer » collée sur la porte d'entrée n'y resta pas longtemps. Le loyer était modeste, à peine cent francs. C'était une chambre sous les combles que le propriétaire mettait à disposition, une vingtaine de mètres carrés avec un lit en fer, un lavabo et une lucarne donnant sur la maison communale.

La jeune femme rapatria du 265 chaussée d'Ixelles des assiettes pour la dînette, ainsi qu'un jeu de verres et fourchettes. Elle prit aussi son petit couteau, celui qui n'avait pas de dents mais une pointe, celui avec lequel elle délogeait les yeux des patates.

Le fonctionnaire qui enregistra son changement d'adresse ne lui posa aucune question. C'était sa chance : il avait l'air niais, dépassé par son travail, et n'allait pas tenter d'obtenir davantage de précisions.

Qu'une femme mariée, mère de deux enfants, résidant chaussée d'Ixelles, décide de se domicilier dans une chambre de bonne cent vingt-sept pas plus loin ne faisait aucun sens, ou alors un sens qui aurait regardé la police, mais le jeune homme ne voulait surtout pas faire de zèle : il contresigna les papiers.

Et Marina fut bientôt officiellement résidente du dernier étage frisquet d'un immeuble peuplé de servantes et d'hommes à tout faire, de vieilles dames en robe de nuit et de pauvres types à l'haleine de gueuze.

Il lui restait peu de souvenirs russes de première main. Elle pensait cependant à ce que ses parents lui avaient raconté : que sa grand-mère possédait une tiare en diamant, que son père avait eu trois gouvernantes, qu'il avait joué au tennis avec un cousin des Romanov, que ses tantes étaient allées à des bals, des peignes d'ivoire incrustés de pierreries dans leurs chignons, pour glisser sous des lustres indécents au son de grands orchestres. Et Marina se regardait, dans son manteau pelé, allongée sur un matelas gelé, à tenir en joue l'aigle qui tournoyait au plafond.

Quand elle était en proie à l'une de ces crises, Youri n'était d'aucune utilité. Dire qu'elle avait un jour pensé qu'il était capable de tout.

Qu'elle avait vu en lui un prince de conte. Le genre de personnage devenant adulte en une nuit, apte à faire pousser des palais sur des cailloux, à transformer des oiseaux en princesses. Le genre à déployer des sortilèges et accomplir des prodiges.

Marina avait cru que Youri était Gvidone, le beau héros du *Conte du tsar Saltan*, cette légende étrange à laquelle elle se référait depuis qu'elle était enfant. Elle y avait puisé son idéal conjugal, dans cette histoire de princesse prisonnière d'une apparence de cygne, ce conte où les sentiments triomphaient des naufrages.

Marina pensait avoir été ce volatile malheureux, transfiguré au contact d'un prince, un homme ayant trouvé auprès d'elle un pays où s'arrimer.

Ça n'avait pas été long mais ça avait existé, cet enchantement, et elle se demandait en quoi consistait le mystère de sa disparition. Où allait l'amour quand il se retirait ?

Où Youri était-il passé ?

Où était l'aventurier, le nerveux, celui qui d'un regard pouvait terroriser un agent de police prêt à le verbaliser, le jeune Youri qui ne se laissait dicter sa conduite par personne, Youri le superbe et son mètre quatre-vingt-cinq d'intransigeance, dans quelle faille du temps avait-il échoué ? Où se cachait son mari dans ce bonhomme rigolard qui faisait du bruit en mangeant et la trouvait assommante avec ses simagrées ?

Si Marina l'empoisonnait, vomirait-il le jeune Youri qu'il avait été et qu'il semblait avoir mangé ? Au fond, derrière ses allures de prince, son mari n'était peut-être qu'un ordinaire Casse-Noisette.

C'était le genre d'image qui venait à la jeune femme quand elle était couchée dans cette pièce mansardée.

Elle ne dormait pas là la nuit, elle venait y réfléchir la journée quand les petits étaient au jardin d'enfants. Personne ne savait qu'elle payait ce loyer. La dépense était au-dessus de ses moyens mais elle n'était pas vouée à durer. Cette cabane haut perchée, elle l'occuperait quelques jours seulement et le propriétaire en aurait pour son argent. Elle avait juste besoin d'un peu de temps pour affermir sa décision. Elle voulait frapper un grand coup, commettre un acte spectaculaire, irréversible, mais elle devait d'abord soupeser toutes les conséquences qu'elle pouvait imaginer. Marina voulait semer la peur, et du bon côté.

Cette perspective la revigorait.

Mais ses enfants ? Vadim avait 3 ans, Nikita 9. Son cadet était si drôle, jovial, aimé de tous. Le petit aurait la force de s'aménager une place dans l'ordre nouveau, s'il devait subsister – elle ne s'en faisait pas pour lui. Vadim était séduisant comme son père. Irrésistible. Il trouverait toujours quelqu'un pour l'aimer et le protéger. Nikita, en revanche, était un garçon translucide, sensible et triste, qui serrait son ticket de tram contre lui de peur qu'il ne tombe. De peur que le contrôleur ne le jette en prison, murmurait-il.

Il avait 9 ans et il craignait déjà l'enfermement, la douleur et la mort. Nikita se collait contre sa mère en faisant le bébé quand il apercevait un képi.

Il se sentait coupable, en permanence, sans pouvoir dire de quoi.

Quelle drôle de paire ils formaient avec son frère.

Marina avait le menton qui tremblait quand elle épiait ses fils jouer : le petit turbulent si facile à aimer et le grand qui rangeait derrière lui.

Tous deux si vulnérables.

Elle s'en voulait de leur avoir infligé la vie. De leur avoir infligé cette vie.

Si seulement Marina s'était consacrée à Dieu, comme elle l'avait jadis envisagé. Peut-être aurait-elle pu vivre en marge de la guerre, ou s'y trouver une quelconque utilité. Marina serait devenue aide-soignante, Marina aurait servi.

Elle n'aurait pas rencontré Youri, n'aurait pas décidé de s'enchaîner à ce garçon. Elle n'aurait pas remarqué le V que dessinaient ses abdominaux, les bosses de ses biceps, le moiré de son duvet. Elle n'aurait pas chuté dans le vertige qu'il avait engendré.

Si elle était entrée au service du Seigneur, elle ne se serait pas mariée avec un gamin d'à peine 17 ans, qui aurait dû, pour son propre bien, en passer dix encore à courir les jupons et les zincs avant de s'installer.

Elle aurait trouvé un groupe, une troupe, une communauté, elle aurait fait corps avec des semblables. Avec des amies. Elle aurait parlé russe. Marina n'aurait pas été cette petite dame seule, collée à son poste TSF dans ce pays gris, qui décomptait les jours avant qu'une vague de malheur ensevelisse ses petits.

Elle aurait parlé à des femmes de son âge, peut-être chicané, elle aurait appris des choses, se serait renseignée, aurait conclu des avis, et elle serait sortie de sa tête une fois de temps en temps, sa tête où un oiseau de malheur se cognait aux murs, sa tête où elle vivait trop souvent et qu'elle aurait tellement mais tellement voulu dévisser.

*

Fondu au noir.

Le moment est venu de glisser une ellipse, par égard pour le fils cadet de Marina. Tu ne vas pas décrire la jeune femme marchant les onze minutes en ligne droite séparant sa chambrette de la cantine des fonctionnaires allemands, avenue Marnix. À cet endroit, tu ne te donnes pas l'autorisation de la montrer un couteau dans le sac puis dans la main, fondre sur sa proie, sentir la résistance du manteau puis de la peau sous la lame, entendre les râles de l'homme, le sang bouillonnant dans la plaie...

Tu ne te l'autorises pas, parce que le fils de Marina, Vadim, t'a dit qu'il était sûr, certain, que ce n'était pas sa mère la coupable. Que ce n'était pas elle qui tenait le couteau. Tu l'as rencontré, Vadim, plusieurs fois. C'est le sosie de Marina avec des cheveux blancs et une barbiche. Il a les mêmes joues, la même intensité dans les yeux. Tu l'avais retrouvé dans une vidéo YouTube postée quelques semaines après ta découverte de la tombe de la femme sans tête. N'était-ce pas curieux ? Plus rien n'avait été publié à son sujet depuis l'article de blog en espagnol de 2012, douze mille signes dans lesquels était comprimée toute une vie. Et voilà que lorsque tu t'intéressais à elle, le Centre culturel russe de Bruxelles consacrait une soirée à la Jeanne d'Arc belge, comme ils l'appelaient, en présence de celui qu'il était convenu de considérer comme son biographe officiel, Ramón Puig, et du fils cadet de la défunte, dont l'attitude étonnait. En effet, une fois tressées de longues litanies de louanges à sa mère par l'hôte de l'événement, une fois raconté son destin par l'historien amateur espagnol, Vadim avait entrepris de déboulonner la statue qu'on venait d'ériger.

Il avait dit qu'il en avait assez qu'on brosse de sa mère un portrait en guerrière. Il avait assuré qu'elle aurait été bien incapable de tuer ou même de blesser : elle était petite, menue, et surtout, elle était pieuse comme une sainte.

Vadim affirmait avoir mené l'enquête avec son frère Nikita, et détenir aujourd'hui la certitude que la version officielle n'était qu'un empilement de « fake news ».

Il n'avait pas expliqué quelles preuves il avait trouvées, pas eu l'occasion en réalité, la dame du centre culturel l'avait coupé.

Tu avais déniché son adresse e-mail, envoyé quelques courriels, attendu qu'il relève ses spams, accepte de te rencontrer, et tu t'étais rendue chez lui en train, à Genval, un bled où tu avais passé la moitié de tes soirées quand tu étais à l'université car tes copains venaient de là, de cette bourgade au milieu de laquelle on avait creusé un lac artificiel et planté des yacht-clubs où la jeunesse et la vieillesse dorée aimaient boire du rosé.

Vadim était venu te chercher à la gare, tu l'avais trouvé beau, chic, élégant comme monsieur de 83 ans, il t'avait promenée au volant de son utilitaire dans des rues dont certaines t'étaient inconnues, tu pensais qu'à Genval ne s'ébrouaient que des dynasties de cardiologues mais Vadim vivait dans un quartier moins bien peigné, dont les murs des maisons devaient abriter des profs et des intermittents, des gens qui, s'ils étaient nés dans les environs, s'étaient donné le droit de décevoir leurs parents.

Vadim s'était garé devant une petite bicoque orangeâtre, le garage débordait, on aurait dit une brocante, et dans le jardin il y avait une mare où barbotaient des carpes.

Cela faisait une dizaine d'années que Vadim vivait là, après avoir habité Bruxelles et tous les patelins de la région.

Il avait surtout beaucoup voyagé, avait-il précisé, en glissant avec fierté qu'il avait offert ses services à certains des plus grands théâtres du monde. Vadim Maroutaëff avait été et était toujours ingénieur lumière pour la télévision et pour la scène. Il avait mis au point les éclairages de salles mythique, évoquait le Teatro Colón de Buenos Aires où il avait passé deux fois six mois et le Bolchoï, structure naine en comparaison, où il avait également travaillé, « bien sûr » qu'il y avait travaillé.

Une longue dame était assise dans le salon – la femme de Vadim, une épouse « plus âgée que moi », précisa-t-il, et cette coquetterie te fit sourire.

Le fils de Marina t'avait menée à son bureau, une petite pièce croulant sous les bibelots avec au mur, sous une icône délavée, un minuscule portrait de sa mère jeune et souriante.

Tu t'étais assise sur la chaise que l'octogénaire te désignait et tu lui avais demandé si tu pouvais l'enregistrer.

« Ça dépend. Dites-moi un peu ce que vous attendez de moi », s'était-il enquis, soudain méfiant.

Alors tu avais improvisé : tu ne voulais pas passer pour une charognarde picorant sur un cadavre des bouts d'histoire à sensation, tu devais louvoyer pour qu'il sente ton respect pour Marina sans avoir l'air d'être tombée en idolâtrie. Durant la conférence « Jeanne d'Arc », Vadim avait été clair : la déification de sa mère le mettait de mauvaise humeur.

Tu n'avais pas osé lui dire que tu avais été happée par l'histoire de Marina, sa fin surtout, que tu étais hantée par l'idée de décapitation et naviguais sur le Net à la recherche de réponses à de drôles de requêtes comme celle de la persistance de la conscience après la chute de la tête ; tu n'avais pas confessé au fils de la suppliciée que tu étais terrorisée par l'oubli dans lequel Marina avait sombré, car s'il y avait quelque chose qui te faisait peur, ce n'était pas de mourir, mais de vivre pour rien, car contre toute logique, et malgré ce qu'on aurait dû déduire du blog espagnol, Marina ne semblait pas avoir galvanisé la résistance. Sur les trois pages qui lui étaient consacrées dans une thèse des années 1980 par l'historien belge José Gotovitch[1], tu avais lu que le modèle proposé par la jeune Russe, qu'il présentait comme une pulsion individuelle et « quasi suicidaire », avait été « peu motivant pour l'action » et que tout le monde s'en était désolidarisé.

Oui, ça c'était terrible, mourir dans l'espoir que triomphe un monde, et que celui-ci vous néglige, vous oblitère.

Tu n'avais pas dit à Vadim que tu avais le sentiment que la découverte de la tombe de sa mère, de son destin, de son malheur, t'obligeait car tout t'y ramenait, car Marina elle-même semblait t'appeler. Tu avais

1. José Gotovitch, *Du rouge au tricolore. Les communistes belges de 1939 à 1944, un aspect de l'histoire de la résistance en Belgique*, Bruxelles, Éditions Labor, 1992.

plutôt déclaré que son histoire t'intéressait, comme un bacille entre deux lamelles de verre intéresse un laborantin.

Ça lui avait suffi. Et Vadim t'avait autorisée à l'enregistrer.

Pour amorcer la discussion, tu avais expliqué que selon l'historien, les jeunes socialistes, après l'attentat de l'avenue Marnix, avaient qualifié l'attaque de Marina de « crime passionnel ». Vadim avait éclaté de rire.

Il t'avait demandé si tu étais féministe, tu avais senti que ce n'était pas forcément la réponse qu'il attendait, mais tu avais fait le choix de l'honnêteté : oui, tu étais féministe, « bien sûr » que tu étais féministe. L'homme avait soupiré.

Le printemps était précoce. Derrière la vitre, des mésanges venaient s'abreuver dans une mangeoire. L'horloge s'était arrêtée sur 6 heures. Vadim avait chaussé des petites lunettes, c'est ainsi que les conteurs se mettent en condition, et il avait débuté son récit.

*

Il t'avait raconté l'histoire de deux petits garçons seuls, perdus dans une guerre.

Ils avaient mené l'enquête ensemble, Vadim et son frère, pour connaître la vérité sur Marina, mais désormais Nikita non plus n'avait pas toute sa tête, il avait été « placé », avait précisé Vadim en secouant des papiers attestant qu'il devait s'occuper de son aîné.

« Mon père et lui se sont toujours détestés à un point qui est difficile à expliquer. »

De sa mère, il avait répété ce qu'il avait déjà dit dans la vidéo du centre culturel : c'était une femme pieuse et une bonne ménagère. Les deux bras coordonnés, d'avant en arrière, il avait reproduit une sorte de geste de pagaie : l'aspirateur, voilà le souvenir qu'il en avait, Marina qui passait l'aspirateur. Marina la femme d'intérieur. « Les articles qui la présentent comme une militante, c'est de la foutaise, c'est faux. Elle n'a jamais été prorusse, elle n'a jamais été antirusse. Elle n'a jamais rien été de tout ça ! Je le sais, quand même, j'étais là ! Elle détestait simplement cette guerre. »

En nuançant toutefois : « Bon, si mon père lui disait : "Fais ceci, fais cela", je ne dis pas qu'elle refusait, par exemple, de transporter un colis. Ça, c'est bien possible. » Et Vadim avait fermé là le sujet.

Sur Youri, en revanche, il avait tant à purger.

« Mon père était jeune et con. »

Et le fils avait décrit un frimeur, déraisonnable, pour qui n'existaient que la fête et l'esbroufe.

Ça avait beau être la guerre, Youri s'ennuyait. « Il voulait faire un coup. »

Avec ses amis, ils avaient réfléchi à quel méfait ils pourraient s'adonner pour provoquer les Allemands.

À force, ils avaient intercepté un tuyau. Tel gradé de la Kommandantur sortait à telle heure du 19, avenue Marnix. Il suffisait d'aller l'attendre. Ils avaient décidé de faire le guet à deux, Youri et un copain.

Tu avais interrompu Vadim, tu voulais savoir d'où il tenait tout ça.

« Cette version, c'est celle de ma grand-mère, la mère de Marina. Elle avait rendu visite à sa fille en prison, elle avait recueilli des témoignages... Et puis parfois, quand mon père arrêtait deux minutes de baratiner, il disait des choses intéressantes. J'ai aussi découvert des informations dans ses papiers, après sa mort. »

L'homme avait repris.

« Il est évident que ma mère ne pouvait pas être d'accord avec ce projet d'attaque. Elle n'a jamais participé à cette histoire. »

L'histoire en question, selon Vadim : couteau à la main, les deux hommes avaient aperçu le fameux fonctionnaire, et une chose en entraînant une autre, ils l'avaient laissé pour mort.

« Et puis ils sont gentiment rentrés chez eux en se félicitant : "On a réussi notre coup !" »

Tu avais demandé où était passé ce complice, de qui il s'agissait... Nulle part il n'en était fait mention. Vadim avait tourné la tête vers la fenêtre. « Si seulement on le savait... il n'y aurait plus de mystère. » C'est tout ce qu'il pouvait dire au sujet de l'autre homme, l'hypothétique autre homme, car de ton point de vue, il avait très bien pu être inventé pour permettre à Youri d'à moitié s'exonérer.

Vadim avait poursuivi en expliquant que la vie avait continué pour son père comme si rien ne s'était passé, qu'il y avait eu, comme toujours, le boulot, les copains et une certaine indifférence pour ses fils car ce n'était pas le rôle d'un père de faire risette avec ses bambins – le rôle d'un père étant de partir tôt et de rentrer tard.

À la maison, Marina, qui avait laissé traîner ses oreilles au sous-sol, fulminait : tuer un homme, comme ça, même un nazi, ça ne se faisait pas. Selon Vadim, c'était la bonne chrétienne en elle qui était scandalisée.

L'occupant s'était adjugé soixante otages, nul ne pouvait l'ignorer mais Youri n'était pas inquiet, il s'était donné une mission, il l'avait accomplie, il était satisfait.

Pour sa part, le Parti communiste ne souhaitait pas endosser la responsabilité d'un attentat qu'il n'avait pas commandité. Les auteurs de l'attaque n'étaient à ses yeux que des jeunes imbéciles et il n'allait pas se mouiller pour ce genre de profil.

Les jours avaient passé et personne ne s'était dénoncé : on s'apprêtait à fusiller les otages. Ce n'était toujours pas le problème de Youri. Mais c'était devenu celui de sa femme, qui avait lancé aux hommes réunis au sous-sol : « Si vous n'avez pas le courage d'y aller, moi j'irai. »

Youri avait pris peur. Marina était un danger.

Il lui avait interdit d'aller jouer les balances ou les héroïnes. L'épouse avait été assignée à résidence, plus encore que jadis.

Selon son fils, elle avait alors commis un acte en contradiction avec l'allégeance muette et résignée qu'une épouse était supposée vouer à son ménage : elle avait conclu un bail à quelques dizaines de mètres de chez elle, « dans une petite baraque pourrie ». Et elle s'était dérobée à la surveillance de son mari. C'est comme ça que Vadim expliquait la seconde résidence de sa mère. « C'est sa foi qui lui avait donné ce courage, c'est Dieu qui avait dicté sa démarche », quelques heures avant la fin de l'ultimatum, lorsqu'elle avait cheminé vers la Kommandantur où, du haut de son mètre cinquante-six, elle avait demandé à parler au responsable.

D'après ce qu'avait raconté Marina à sa mère, le soldat en faction avait éclaté de rire : « Mettez-moi un peu ça vite fait dehors, cette espèce de petit machin, qu'est-ce qu'elle me raconte ? »

« Et c'est là qu'elle sort un couteau ? » avais-tu hasardé.

Vadim avait fait un geste de la main, comme s'il chassait une mouche : « Mais non ! C'est là qu'elle lui rentre dedans, qu'elle le bouscule, mais c'est tout. Attends, attends… tu n'attaques pas un type avec une capote comme ça… elle, la petite bonne femme qui avait une trentaine de centimètres de moins que le soldat, qu'est-ce que tu voulais qu'elle lui fasse ? Elle se jette sur lui, je pense qu'elle tente de lui prendre son arme, mais seulement pour qu'on l'arrête. Et on l'arrête, bien entendu. Et à partir de là, l'engrenage se met en route. »

Si son père avait échappé aux soupçons et à un sort funeste, avait avancé Vadim, c'est parce qu'il était très ami avec le chef du parc automobile allemand de Bruxelles où il travaillait depuis quelque temps, et que celui-ci l'avait couvert.

Tu comprenais mieux pourquoi la dame du Centre culturel russe n'avait pas l'air d'avoir goûté aux insinuations de Vadim. « Ce que vous me racontez, ça a peu à voir avec le patriotisme, peu à voir avec la résistance... » avais-tu commenté.

« Rien à voir avec la résistance. Rien », avait tranché, sûr de lui, le fils.

« Il y a quelque chose qui m'échappe, Vadim. Si votre père était ce fier-à-bras, ce jeune homme immature qui n'avait pas l'envergure d'assumer les conséquences de son assaut... comment se fait-il que Marina, votre maman, que vous dites exemplaire, a jugé qu'elle pouvait vous laisser pour toujours seuls avec lui, vous et votre frère ? »

Un ange s'était invité dans la pièce. Vadim était resté silencieux puis avait soufflé : « Je sais. Je ne sais pas... »

Toi non plus, tu ne sais pas. Tu sens que tout n'est pas tout à fait exact dans ce qu'a déroulé Vadim. Et sur certains points, tu peux confirmer qu'il y a méprise. Aux Archives de l'État, par exemple, tu as retrouvé le document de la commune attestant que Marina s'était domiciliée dans sa petite « baraque pourrie » le 1er décembre 1941. C'est-à-dire qu'elle avait prévu cette diversion avant l'attaque du 7 décembre, et non après, comme le croit Vadim. Il ne s'agissait probablement pas de faciliter sa reddition avant l'expiration d'un ultimatum allemand, mais bien d'imaginer, de fomenter, de combiner. La démarche n'avait pas l'air défensive : elle semblait offensive.

Mais en effet, il y a des choses que tu ne t'expliques pas. Pourquoi la plaie de l'officier poignardé était si profonde, dix-huit centimètres d'après les documents consultés, alors que Marina était si menue, par exemple. Pourquoi les avis de recherche ne l'avaient jamais mentionné, que c'était une femme, une femme ou un enfant, une très petite personne en tout cas, au bout de la lame.

Non, tu ne sais pas ce qu'il s'est réellement passé le soir du 7 décembre 1941, porte de Namur, à trois pas de la chaussée d'Ixelles.

Alors tu fais un point de montage et tu colles la scène à venir à la suite de l'écran noir de la précédente. Tu laisseras chacun imaginer. Et tu ressors sur un extérieur jour à Bruxelles, le 8 décembre 1941, au lendemain de l'attentat de l'avenue Marnix. Tu fais entrer dans le champ une petite femme qui se promène et s'arrête devant un immeuble à la façade encollée d'affiches. Elle s'approche de l'une d'elles, écrite en français, en néerlandais et en allemand. Puis tu montres la femme ôter un gant, malgré le froid, décoller un coin du papier avec l'ongle du pouce et l'arracher avec précaution, en jetant des petits coups d'œil derrière son épaule.

Et là, tu zoomes sur l'avis.

17

L'Oberfeldkommandant à Bruxelles communique ce qui suit :

Dimanche 7 décembre 1941, à 19 h 30, à la faveur de l'obscurité, un civil criminel a blessé grièvement d'un coup de poignard dans le dos, avenue Marnix à Bruxelles, un fonctionnaire de l'armée allemande. Le coupable n'a pu être découvert jusqu'à présent. De nombreux otages se trouvent en état d'arrestation. Tous les établissements publics d'amusement de l'agglomération bruxelloise seront fermés immédiatement et jusqu'à nouvel ordre. La population entière est invitée à aider à la découverte de l'auteur de l'attentat criminel de dimanche dernier et à donner à un bureau de police belge ou à un service allemand tous les renseignements qui permettraient de retrouver la trace de l'auteur. Si le 16 décembre 1941, à midi, le coupable n'a pas été découvert, des mesures de représailles sévères seront prises.

Signé FREIHERR VON HAMMESTEIN

Generalleutenant

Bruxelles, le 8 décembre 1941

*

Voilà, éructa-t-elle en déposant l'affichette des Allemands sur l'assiette de Youri, voilà un boche de moins à nourrir.

Le mari de Marina eut un mouvement de recul. Pourquoi avait-elle arraché et rapporté cet avis ? Était-elle folle ? Voulait-elle attirer sur eux l'attention des nazis ?

Il approcha le papier d'une bougie pour le réduire en cendres.

Marina persifla qu'il avait la trouille de son ombre, le soi-disant boxeur, le soi-disant bagarreur.

Youri craignait en effet que les Allemands rappliquent et zigouillent sa famille, ses amis, son réseau, oui.

Son réseau de poules mouillées, de poltrons avinés ? Qu'ils se rassurent, rit Marina, la Gestapo aurait tôt fait de les relâcher. Il n'y avait aucune chance qu'ils aient participé à cet attentat, ça se sentait à plein nez. On pouvait même dire que ça se sentait à leur haleine.

La jeune femme éclata d'un rire mauvais.

En tout cas, à elle, cette attaque avait fait beaucoup de bien et elle devinait qu'elle ne devait pas être la seule à en profiter. Les Allemands allaient se mettre à s'inquiéter. On les verrait moins jouer les seigneurs dans les rues et marchés. Ils allaient devoir regarder leurs pieds à leur tour. Ou non, mieux, regarder les pieds des autres, redouter la violence, les émeutes. Ils ne pourraient plus être tout à fait rassurés quant à leur sécurité. Un nuage noir allait les suivre, les précéder parfois, et ils ne pourraient pas prévoir quand il allait pleuvoir. Les boches allaient comprendre que ce n'était pas parce que les dirigeants des pays occupés avaient signé la suspension des hostilités que le serment valait plus qu'un gribouillis sur un bout de papier.

Elle disait ça à Youri en postillonnant, déchaînée, avec un air qu'il ne lui avait jamais vu.

Marina était décoiffée, des petites mèches en tire-bouchon lui encadraient le visage : elle était jeune et ça faisait longtemps qu'elle ne l'avait plus été.

Youri frappa la table du plat de la main.

C'était bien beau d'être en colère mais cette guerre avait avant tout besoin de tempérance et de stratégie.

Que Marina danse la gigue encore cinq minutes et puis qu'elle se calme, et surtout, qu'elle se taise. Il ne fallait pas qu'au-dehors on puisse savoir qu'elle se réjouissait. Bouche cousue. Pas de manifestation de joie devant les commerçants, pas de liesse devant ses frères, ses sœurs, ses parents et encore moins les enfants.

Car ce n'était pas seulement elle qu'elle mettait en danger en pavoisant. Et elle devait bien se rendre compte que si quelqu'un se livrait aux autorités, ça ne sauverait pas les otages, qui resteraient détenus de toute façon. Ça mettrait toute la communauté dans le viseur.

Marina pouffa : la communauté ? Était-il sérieux ? Il n'y avait pas de communauté, et Youri le savait. Il n'y avait rien de commun entre elle et ces nostalgiques de l'ancien régime qui buvaient le thé à la fenêtre, pas plus qu'avec ces communistes en chambre dont les lits avaient pris la forme des fesses.

Youri lui jeta un dernier regard par en dessous, soupira, puis demanda, tant qu'elle était debout, que sa femme lui serve un verre d'eau.

18

Jules Coelst, le nouveau bourgmestre, entré en service après la révocation du précédent par l'occupant, était soulagé. Dans un premier temps, on lui avait dit que le fonctionnaire allemand poignardé devant sa cantine de l'avenue Marnix était mort, et il s'attendait en conséquence au pire. La blessure faisait dix-huit centimètres de profondeur, c'était une vraie bouillie à l'intérieur. Il lui en avait fallu, de la force, à l'assassin. Les Allemands, tels qu'il les connaissait, allaient faire une vigoureuse démonstration d'autorité pour punir l'agresseur.

Pile le jour de l'attentat était en effet promulgué sur exigence de Hitler (et sans que ce soit lié, mais Dieu que le hasard est taquin, pensa Jules Coelst), le décret « Nuit et brouillard » qui organisait le transfert en Allemagne et la punition exemplaire des civils mettant des bâtons dans les roues de l'occupant.

Comment traduirait-il l'esprit de « Nacht und Nebel » en bruxellois, quand il s'en ouvrirait à ses administrés ?

Sans doute par *en stoemelings*, voilà, c'était facile à comprendre et ça reflétait bien l'idée d'exfiltrer discrètement les récalcitrants, de les exécuter, de les enterrer en secret, bref, de les faire disparaître comme s'ils n'avaient jamais existé, pfffuit, envolés.

Depuis le 7 décembre 1941, la peine de mort serait prononcée pour une série de délits allant de la détention illégale d'armes à l'espionnage en passant par les sibyllins « délits à même de provoquer des troubles ».

L'ordonnance du gouverneur militaire de la Belgique et du nord de la France Alexander von Falkenhausen, déclinant le décret sur le sol belge, établissait que « pour un attentat commis contre un membre de l'armée ou de la police allemandes, un nombre d'otages correspondant à la gravité du cas sera fusillé si ses auteurs ne sont pas découverts et au moins cinq si la victime meurt ».

Heureusement, celle-ci n'était pas morte, la police avait rappelé le bourgmestre pour l'informer que l'Allemand en réchapperait. Dans quel état, elle l'ignorait. Il ne fallait donc pas espérer se soustraire aux sanctions.

L'autorité avait fermé les cafés, restaurants, cinémas, théâtres et autres lieux de plaisir de l'agglomération bruxelloise pour inciter le criminel à se rendre et signaler à la population de quel bois elle se chauffait. Dure mais juste. C'était ainsi qu'elle souhaitait se montrer. Crainte et respectée, mais mesurée. Telle une gouvernante qui vous donne la fessée quand vous avez répondu, mais sait aussi vous récompenser lorsque vous vous êtes bien tenu.

Le bourgmestre rédigea une affiche : il s'agissait de rappeler que les actes de violence envers la nouvelle administration ne pouvaient connaître d'issue heureuse. La seule chose qu'allaient récolter ces rebelles, c'était un durcissement des conditions de vie de la population.

Les gens de Bruxelles souffraient du froid et des pénuries, du rationnement et des mauvaises nouvelles, certains manquaient aussi de frères ou de pères soumis au travail obligatoire en Allemagne… Il fallait, dans la mesure du possible, éviter d'alourdir un quotidien qui n'était déjà pas très riant. Ce que craignait Jules Coelst avant tout, plus que la persistance des fermetures de cafés, c'étaient les exécutions d'otages et l'effet qu'elles auraient sur les honnêtes citoyens.

Soixante individus avaient été faits prisonniers. Il y avait parmi eux des petites frappes suspectées de s'être préalablement dressées contre l'autorité, des vauriens qui dormaient déjà en prison, mais on reconnaissait aussi dans le cheptel des notables, des gens bien sous tous rapports. Coelst trouvait cette stratégie allemande fine et retorse : promettre de fusiller un curé, un médecin ou un ancien échevin, voilà qui ne pouvait que pousser le coupable aux aveux. Ces Germains étaient passés seigneurs d'une discipline que les Belges maîtrisaient hélas très mal. En matière de propagande, nous avions tout à apprendre des opérations spectaculaires mises en place par les Allemands. Coelst se promit de les étudier et de les répertorier dans le journal qu'il tenait depuis le début de la guerre, une série de carnets qu'il entendait faire passer à la postérité.

En attendant, il fit coller ces lignes sur les murs et les portes de sa ville :

ACTES CRIMINELS

À mes chers concitoyens,

Malgré le récent appel, un attentat vient d'être perpétré, dimanche soir, sur la personne d'un fonctionnaire allemand. Ces folies criminelles, tout le monde le sait, ne peuvent avoir aucune influence sur le déroulement de la guerre.

Mais alors que le coupable se cache et échappe au châtiment, il fait souffrir un grand nombre d'innocents et rend la vie encore plus pénible à la généralité de nos habitants.

Ces criminels sont nos pires ennemis.

Ils ne sèment que du mal.

J'adjure à nouveau tous les habitants de s'abstenir de tout acte répréhensible et d'épargner ainsi à la collectivité d'inévitables représailles.

Bruxelles le 10 décembre 1941

Le bourgmestre faisant fonction

J. Coelst.

*

Du bourgmestre de Bruxelles de 1941, on dit que c'était un type bien, un type droit. Un de ces héros sans éclat, mal aimés parfois, dont on ne ferait sans doute pas de films mais qui laissent derrière eux une belle affirmation de noblesse.

Coelst avait refusé de distribuer l'étoile jaune aux Juifs. C'est ça que sa légende avait imprimé. À la fin de la guerre, il avait été déporté en Allemagne et en était revenu presque mort.

Dans un décor à la patine de Poudlard, tu parcours son journal intime, retrouvé aux Archives de Bruxelles : une série de petits cahiers couverts d'une écriture plate dont l'encre n'a que légèrement bavé. Tu sens que Coelst, tant dans le style que dans la graphie, écrit pour être lu.

Au détour d'une page, entre deux comptes rendus de réunions volontiers lyriques, il confesse cependant qu'il n'aime « pas d'un amour immodéré les Israélites en tant que Communauté [...] Nous n'avons pas eu spécialement à nous louer du comportement des flots d'immigrés juifs, venus d'Allemagne et de Pologne. [...] Il faut croire que, comme peuple, ils ont des manières d'agir qui ne plaisent pas, car ils ont été depuis des siècles et sous toutes les latitudes, l'objet de mesures de coercition, même dans les États pontificaux. [...] À mon estime, ils ont tort de se plaindre des éruptions répétées de l'esprit racique (sic) chez les peuples où ils se sont infiltrés, car aucun ne met en pratique, comme la nation juive, le principe racique dans une conception aussi absolue qu'elle-même ».

Suit un exposé pseudo savant des bonnes raisons de ne pas aimer les Juifs, épuisant le champ lexical du parasitisme.

Dans son journal, le bourgmestre ne mentionne pas les prétextes qui l'ont poussé à s'opposer à la distribution de l'étoile de David par ses soins. Mais tu peux déduire de son récit qu'il a probablement voulu éviter de se salir les mains. Son refus, entériné par la conférence des bourgmestres, fut mal reçu par l'Oberfeldkommandantur. Coelst suggéra de faire distribuer l'étoile par les Juifs eux-mêmes, via une association. Le secrétaire de celle-ci se récusa également. « Me voilà dans de beaux draps », écrit le bourgmestre de Bruxelles. « Je croyais leur être agréable et voici qu'ils se rebiffent. »

Et il conclut la séquence ainsi : « À la Kommandantur, tout s'est arrangé. Les Allemands, se trouvant devant un double refus, ont décidé de faire eux-mêmes la distribution. Une épine de moins. »

Tu sais qu'il faut se garder de juger hier avec les lunettes d'aujourd'hui. Tu comprends que l'antisémitisme exprimé dans ces carnets était celui de la majorité des Belges. Mais tu t'étonnes du contraste entre ce que tu lis et l'image que tu avais de l'auteur, ce bourgmestre que tu prenais pour une sorte d'Oskar Schindler à la belge, plus humble mais tout aussi valeureux.

Tu te demandes combien de légendes la population belge a avalées à propos de la guerre, de ses dieux et de ses salauds, et si elles étaient le fruit de la distraction des archivistes ou du lobbying des ayants droit.

Plus tu remues le passé, plus tu comprends que ce qu'on appelle vérité est la version du dernier qui a parlé. Et que le dernier qui a parlé est généralement un militant, car le militant a ce muscle, cette énergie, celle de revenir sur les lieux que l'on croyait désertés pour y inscrire sa pensée et faire murmurer les reliques.

Dans le cas de Marina, il se pourrait que pour quelques années, cette personne, ce petit ventriloque endurant, vive dans tes chaussures et soit affligé de ta myopie.

19

Ça y est. Elle était prête pour la dernière Cène : Marina rentrait de la rue des Radis avec trois œufs et trois cents grammes d'authentique farine de froment, car un gâteau napoléon ne pouvait décemment se préparer avec cette poudre infâme qu'on recevait avec les tickets de rationnement.

Elle avait aussi trouvé une plaque de chocolat et une boîte de sardines, qu'elle voulait déposer à ceux qui en rêvaient.

Sa mère lui ouvrit la porte, surprise de la voir débarquer à l'heure à laquelle elle aurait dû être chez elle à préparer le repas. Il se tramait quelque chose, Ludmilla le sentait. Que mijotait donc sa fille avec deux cents francs de nourriture dans son seau ?

Marina déclara qu'à l'approche de Noël, elle avait envie de faire plaisir, et disposa ses cadeaux sur la table.

Ils ne déridèrent personne.

Le frère aîné de Marina était d'une humeur de lion et soliloquait en ponctuant ses fins de phrases de claquements de doigts. L'auteur de l'attentat devait être pendu, et en public. Schlac, fit Yégor en tirant une corde imaginaire. À cause de ce voyou, soixante personnes étaient enfermées à la prison de Saint-Gilles, en attente d'être exécutées. Son ami Grégoire faisait partie du contingent, un clerc de notaire sans histoire, père de quatre enfants, atteint d'un souffle au cœur.

Le terroriste était un ignare qui allait endeuiller des dizaines de familles. Le frère n'avait que dégoût pour cette lâcheté.

Au-dessus d'un verre de porto qui n'en finissait pas de se remplir, son lamento montait d'une octave. Le criminel était un salaud, une ordure. Il faudra exhiber sa dépouille au sommet de la flèche de l'hôtel de ville, que personne n'oublie où mène l'égoïsme des jeunes générations. Et le frère poursuivit sa complainte jusqu'à ce que le cadet lui fasse remarquer qu'il se répétait.

Fatiguée, Marina embrassa sa mère restée silencieuse, lui saisit la main, observa un instant ses longs doigts à la peau jaunie, les serra avec tendresse et sortit sans saluer la fratrie. Arrivée dans le vestibule, elle sursauta : dans l'escalier, plongé dans le noir, il y avait son père, vieillard avant l'âge, immobile. Entre deux inspirations sifflantes, d'une haleine ensommeillée, l'homme prononça des mots dont la jeune femme ne comprit pas ce qu'elle devait comprendre, qui parlaient du dieu Apollon, d'Apollon crachant dans la bouche de Cassandre et qui, par là, lui retira à jamais le pouvoir de convaincre. Le père était descendu de son lit pour raconter ce conte à sa fille en lui pinçant la fine peau palmant la main entre le pouce et l'index, ce qu'il faisait désormais pour qu'on l'écoute, un peu de douleur pour un peu d'attention, le père qui devait considérer que son histoire de crachat et de prophétesse valait la peine d'être entendue, le père Chafroff qui n'en avait plus pour longtemps. Marina étreignit son buste étroit et lui trouva une triste odeur de mort.

Elle regagna la maison en pressant l'allure.

Sur le chemin, les cinémas, les cafés avaient le rideau tiré et elle sentait les gens irrités. Certains tenanciers avaient collé sur leur devanture des mots durs : « Honte à l'assassin, qui payera notre pain ? »

Au sous-sol du 265 chaussée d'Ixelles il y avait un remue-ménage de tous les diables. Une réunion au sommet. Ça parlait fort, la radio allumée.

Tout à coup sérieux, les hommes évoquaient l'exécution prochaine des otages.

Certains tenaient pour sûr qu'il y avait parmi eux des prisonniers voués à être tués de toute façon. Que l'attentat de l'avenue Marnix n'y avait rien changé.

C'était déjà ce que les nazis faisaient en France : faire croire à une rafle d'honnêtes gens pour épouvanter la population, mais la vérité était que les fusillés dormaient déjà de longue date en prison.

Cela ne leur semblait pas juste pour autant de les achever, mais il ne fallait pas se laisser émouvoir plus que de raison par ce qui n'était que pure stratégie, simple propagande. Les Allemands voulaient se montrer plus intransigeants, plus terribles qu'ils ne l'étaient.

Parmi les amis de Youri, d'autres évoquaient ces otages sélectionnés parmi la notabilité locale, tirés du lit la semaine dernière par les nazis...

Et le mari de Marina rappelait que ces détenus de choix, ces *Wahlgeiseln* allaient, comme dans les autres pays, probablement servir à sécuriser les convois. Les Allemands les disséminaient dans leurs charrois et le faisaient savoir, pour dissuader les Alliés de les attaquer. Il ne fallait pas s'inquiéter, selon Youri, aucun des membres de l'élite n'allait être tué.

Marina était étonnée de ce que savait son époux. Elle ignorait qu'il était instruit de ce genre de détails.

Avachie sur les canapés, la bande semblait soulagée. Prête à changer de sujet.

Comme s'il existait d'autres sujets.

L'ultimatum des Allemands expirait le lendemain. Et personne ne s'était livré aux autorités.

Aucune rumeur de reddition ne courait. Aucun groupe n'avait revendiqué l'agression. Des innocents seraient tués.

Mais au sous-sol, on préférait revenir aux choses sérieuses. Un arrêté venait d'être publié, qui augmentait la densité de la bière. Un veau à tête de cheval était né en Argentine. Et on s'esclaffait à nouveau.

Moi je vais y aller, les interrompit-elle.

Ils crurent qu'elle disait ça par bravade et ils n'y prêtèrent pas attention. Un veau à tête de cheval, rendez-vous compte, c'était tordant.

Marina ferma la porte derrière les hommes qui ne la voyaient déjà plus, regagna la cuisine et réunit les ingrédients du gâteau.

La coquille des œufs se fendillait, semblable à de la craie : les poules aussi étaient mal nourries. Elle mélangea les jaunes avec du saindoux, le sucre, le lait et la farine et y râpa un peu de cannelle et de muscade. Tandis qu'elle tournait avec sa cuiller en bois dans cette pâte devenue lisse comme les joues de Vadim, se télescopèrent dans sa tête une infinité de souvenirs, d'images de douceurs, de desserts, d'anniversaires. Elle, petite, avec la valisette en osier dans laquelle elle trimbalait des galettes que lui avait faites sa mère pour aller à l'école. Ce restaurant de la mer du Nord avec Youri où ils servaient des gaufres en forme de cœur qui crépitaient sur la langue. La première recette de cuisine de Nikita, qui avait cuit à la poêle un mélange de confiture, de farine, de miettes de biscuit, et forcé ses parents à s'extasier.

Les larmes montèrent mais elle les ravala aussitôt. Elle ne devait pas se laisser atteindre. Elle devait tirer le rideau. Elle enfourna quelques disques de pâte et profita des dix minutes de cuisson devant elle pour mettre de l'ordre dans la cuisine. Pour ranger selon une logique que comprendrait son mari les ustensiles dont il aurait besoin pour se débrouiller. Elle fit glisser à l'avant du placard les conserves qu'il faudrait manger sans traîner.

Marina empila ensuite un nombre indécent d'étages de crème et de pâte chaude, mit l'édifice au frigidaire et monta dans la chambre se préparer.

Elle s'assit devant la coiffeuse, face au miroir, et examina ce visage qu'elle n'avait plus regardé depuis tant d'années. Ses yeux avaient pris une courbure tragique, maintenant ils tombaient. Dans un tiroir, il lui restait du fard irisé et elle s'en couvrit les paupières.

Elle écrasa dans un mouchoir la partie séchée du raisin de son rouge à lèvres et dessina les contours de sa bouche. Elle inspecta les fils blancs qui avaient proliféré sur sa tête. Vadim entra au moment où Marina attachait ses cheveux en chignon avec un peigne d'écaille. Beau, dit-il en désignant sa mère de l'index.

Et Marina se cramponna à son rideau intérieur.

Après avoir chassé son fils, elle changea de sous-vêtements et superposa deux culottes au cas où on les lui laisserait. Dans la garde-robe, elle choisit une jupe et un chemisier ample qui ne gêneraient pas ses mouvements. Par-dessus, elle enfila un chandail, car elle allait sans doute, un peu plus tard, avoir froid. Aux pieds elle mit des bottillons fourrés pour la même raison.

Elle ôta ses boucles d'oreilles et tout ce qui pourrait servir à lui faire mal. Au bout de sa chaîne, accroché au coin du miroir, un camée pendula encore un instant dans un sens qui signifiait « Non ».

Quand Marina retourna dans la cuisine, elle avait la pureté d'une sainte.

Le gâteau était prêt et elle le déposa sur la table, démoulé sur un joli plat de service.

Marina envoya les petits chercher leur père, qui demanda où était le souper, ce qu'on fêtait, et pourquoi sa femme était maquillée.

Tant pis pour le souper, coupa Marina. Ce soir on faisait ce qu'on voulait.

Elle avait envie d'une grosse, d'une immense part de cette pâtisserie russe croustillante au nom français et au goût de paradis. Le saindoux à la place du beurre lui donnait une odeur inhabituelle mais en bouche, on avait l'impression de mordre dans un nuage.

Nikita, soucieux, demanda s'ils avaient le droit de manger quelque chose d'aussi bon alors que c'était la guerre. Vadim se resservit.

Les enfants avaient des miettes plein la figure. Même Youri dit merci.

Il embrassa Marina sur les lèvres avant de redescendre au sous-sol.

Elle fit faire une prière aux petits puis les coucha. Ils ne s'étaient pas brossé les dents, mais ce n'était pas grave. Ce soir il n'y avait pas de place pour les remontrances.

La peau de leur cou sentait le jeune chiot.

Ne m'oubliez pas, chuchota-t-elle en éteignant la lumière, et quand l'aîné lui demanda de répéter, elle lui souhaita une bonne nuit.

Vadim dormait déjà en émettant un petit jappement.

C'était l'heure.

Elle vissa un béret sur ses cheveux, passa son manteau le plus chaud et referma la porte d'entrée avec douceur.

Dans la rue, l'aigle ne l'attendait plus. Marina était bien. Elle était sûre. Elle ne devait pas compter ses pas.

Au dernier étage de la rue Cans, elle fit pivoter sa clé en souriant.

Sur la petite table qui lui servait à tout, il y avait son couteau, ce fidèle compagnon, qui la regardait avec envie.

Elle fut tentée un instant de se le planter dans le cœur joyeusement mais non, il y avait mieux à faire.

La gazette clandestine ramassée sur le trottoir montrait que le Parti communiste avait durci le ton mais n'appelait toujours pas à l'action violente. Il invitait seulement à « marquer les traîtres », à faire une croix sur les façades des maisons de rexistes. Hou ! comme ils devaient trembler, les gredins !

Marina sortit en prenant soin de laisser la porte de sa chambre ouverte, afin que la police n'ait pas à la casser pour la perquisition. Le propriétaire avait été gentil, elle ne voulait pas lui causer d'ennuis.

Elle reprit son périple. Pour aller là où elle devait aller, elle devait passer devant le lieu du crime, devant le 19, avenue Marnix. Que les Allemands se soient adjugé comme cantine l'un des plus beaux bâtiments de Bruxelles, neuf étages Art déco à la façade ourlée de garde-corps en fer forgé, lui fit froncer les sourcils. Un peu plus loin en face, place du Trône, l'Oberfeldkommandantur avait réquisitionné l'ancien siège de la compagnie nationale d'électricité, un immeuble obèse et grandiose.

Elle longea ensuite le palais royal. Les journaux venaient de faire état du remariage du roi Léopold III avec une certaine Lilian Baels, la fille d'un ancien ministre. Ça aussi, ça la contrariait. Que certains trouvent que le temps est à l'amour, qu'ils jugent opportun de convoler alors qu'ils étaient soi-disant prisonniers… Marina en aurait craché par terre.

Mais il ne fallait pas se faire remarquer.

Plus loin, elle se signa devant la cathédrale Saints-Michel-et-Gudule. Une gargouille moustachue lui sourit et elle fit de même.

Elle n'en entendrait jamais parler, mais pendant qu'elle cheminait vers sa future épitaphe, sur la plage où Marina, enfant, regardait les Juifs émigrer vers un nouveau monde, dans la ville où elle était née et qui s'appelait désormais Liepāja, débutait un massacre. Entre le 15 et le 17 décembre 1941, près de trois mille Juifs furent tués par les nazis qui occupaient le pays, ainsi que par quelques milices lettonnes. Parmi les victimes, une majorité de femmes. Elles furent emmenées à la plage, alignées devant des fosses creusées dans les dunes avec leurs enfants sur les épaules, et assassinées, chacune, par deux tireurs. Certaines, les plus jeunes, durent se déshabiller entièrement pour que le spectacle soit agréable aux bourreaux, tandis que les femmes âgées pouvaient garder leurs sous-vêtements. Une fois au sol, leur cadavre était roulé jusque dans le fossé. Et un nouveau groupe de femmes prenait place.

Des photographies furent prises pour documenter la tuerie, s'en gargariser et faire croire, par leur cadrage, que les exécuteurs des basses œuvres n'étaient que lettons. Il faisait si froid que les victimes avaient les bras croisés sur la poitrine plutôt que le pubis. La pudeur ne tenait plus devant la mort. Les femmes et les enfants juifs étaient tués en priorité car on ne leur trouvait aucune valeur ajoutée. Autant les éliminer sans tarder.

De la rue d'Arenberg, il y avait un panorama royal sur les galeries Saint-Hubert, leur marbre et leur verrière, et Marina se dit qu'elle avait peut-être été trop sévère avec cette ville, qu'elle ne l'avait pas regardée avec les bonnes lunettes et que quand on était bien disposé, il y avait de quoi, à certains égards, la trouver douce.

Ce soir, Marina était bien disposée. Elle traversait des artères peuplées de gens riches qui persistaient à bien s'habiller, des hommes sortant de chez le barbier et elle put enfin comprendre pourquoi certains s'entêtaient à se parfumer. Puisque le passé n'était plus et que le futur n'était pas, autant habiter le présent et lui mettre des guirlandes. Sur un lampadaire, elle remarqua une réclame pour une potion laxative qui ordonnait « Madame, cessez immédiatement d'être grosse ! » et elle rit.

Ses petits pieds frappaient les dalles dans un ballet erratique pour un observateur extérieur. Pourtant, ses semelles faisaient sol – mi – sol – fa dièse – ré dièse – mi – ré bécarre – ré bécarre – ré bécarre – do dièse – do dièse – do dièse – do bécarre – do bécarre – do bécarre – si – mi – do – mi – si... shim sham !

Ouvrir fermer, ouvrir fermer, un deux trois quatre, pied gauche devant et puis glisser, pied droit devant et puis glisser, une fois, deux fois, une fois, deux fois.

Le clairon des voitures jouait mi – ré – do – si bécarre – si bémol, cette petite glissade qui emmenait la fée Dragée dans des contrées plus sombres. Dans sa tête, Marina entrait dans une forêt, une nuit où grouillait une vie secrète, où les lucioles, se pensant seules, s'allumaient. La jeune femme faisait des sauts de chat des dièses aux bémols en esquivant les bécarres.

Son ballet déboucha sur l'hôtel Le Plaza, QG du commandant militaire pour la Belgique et le nord de la

France, un palace au luxe ahurissant, dont elle savait qu'il renfermait une salle de cinéma capable d'accueillir, du temps du muet, une trentaine de musiciens dans un décor de style Renaissance espagnole. Sa mère y avait joué du piano, une fois, pour se dérouiller.

Devant l'établissement, une sentinelle tournicotait sur le trottoir, les mains jointes dans le dos, l'air indolent sous sa visière. L'homme était grand et épais. Le regard de Marina s'attarda un instant sur ses ongles, longs et striés, pareils à des griffes d'oiseau de proie. Un tonnerre d'excitation la fit frissonner et une sueur glacée dévala le long de ses jambes. L'aigle de Marina réapparut.

Il avait les ailes biseautées et tenait dans ses serres une croix gammée.

Il était cousu sur l'uniforme de l'Allemand.

Marina serra les poings dans son manchon, se rapprocha de l'homme par-derrière et s'adressa à lui en russe, très bas. Quand son buste fut prêt à toucher son dos, elle répéta : « C'est moi que vous cherchez. » La sentinelle la pria de dégager. Elle s'éloigna de quelques pas puis revient et réitéra : « Je suis la criminelle que vous voulez. » L'autre agita sa main devant la figure de la petite femme, l'air de dire qu'il s'impatientait et qu'elle devait décamper. Marina vit un étui pendre à sa ceinture : d'un geste de magicien, elle s'empara du couteau qui y était glissé et en piqua la lame sous l'omoplate du soldat.

Marina perdit connaissance lorsqu'on lui asséna un coup de matraque sur la nuque. À l'intérieur du béret qui roula alors dans la rigole, on vit épinglée l'affichette du bourgmestre où l'on pouvait lire : « Ces criminels sont nos pires ennemis. Ils ne sèment que du mal. »

L'Allemand se massait l'épaule en pestant : elle avait abîmé son pardessus, cette poison.

20

Décidément, ce mois de décembre 1941 était riche en rebondissements pour le journal de Jules Coelst. Le bourgmestre avait déjà de quoi éditer un beau volume de ses mémoires. Bien sûr il faudrait que la guerre soit finie, et que d'ici là il ne fâche pas l'occupant. Ce n'était pas demain qu'il tiendrait entre ses mains un livre relié en cuir pleine fleur sur la couverture duquel il lirait son nom, mais puisqu'on n'était jamais trop prévoyant, il rendrait bientôt une petite visite à la Renaissance du Livre, l'éditeur qui menait le bon combat en faveur de la littérature belge ; c'est-à-dire qu'il publiait, coûte que coûte. Sans s'occuper de politique.

Coelst recensa l'événement du jour : la reddition du terroriste du 7 décembre.

« Le 15 décembre 1941, à dix heures du soir, un officier allemand a reçu un coup de poignard dans le dos, en sortant du Plaza, boulevard Max. L'arme n'a pas porté. La victime a pu se retourner et a saisi l'agresseur, qui est une femme russe, habitant à Ixelles.

« À l'agent de la quatrième division qui l'a arrêtée, elle a avoué être l'auteur du coup de poignard de l'avenue Marnix. Elle a agi suivant les instructions de Staline, qui commande à tout citoyen russe de tuer un Allemand. Puisque l'auteur de la double agression est connu, les sanctions nous seront donc évitées, et je m'en félicite. »

Les cinémas, les théâtres et les cafés pouvaient rouvrir.

Coelst projetait d'aller voir *Ils étaient neuf célibataires* de Sacha Guitry au Flora, place Fernand-Cocq : on en disait tant de bien et il avait besoin de rire un peu.

Cette réplique, mise en exergue dans la gazette, l'avait intrigué :

« Mme Picaillon : Vous n'êtes pas étrangère, je pense ?

Rachel : Heu… non, madame… non, mais je suis israélite…

Mme Picaillon : Eh ! bien, mais… grâce à Dieu, nous n'en sommes pas encore à considérer chez nous les Juifs comme des étrangers.

Rachel : Vous dites pas encore… »

Les attentats se multiplièrent après celui de la Russe. La nuit suivante, trois sous-stations d'électricité furent détruites par une bombe. Le surlendemain, un engin explosif endommagea un local occupé par les Allemands avenue Louise. La guérite était en miettes.

Résultat : les nazis lancèrent un nouvel ultimatum, avec de nouvelles promesses d'exécution. Mais étrangement – et Coelst touchait du bois au moment où il écrivit ces mots, « la punition pour les théâtres et cinémas reste levée. Ils sont ouverts. Je n'en reviens pas ».

Petite tuile cependant : l'occupant lui transmit une liste de bâtiments qu'il s'était appropriés dans Bruxelles. Il réclamait qu'ils soient surveillés jour et nuit par des étudiants de l'université. Coelst était forcé de les réquisitionner. « Je vais essayer de les remplacer par des chômeurs que nous paierons. »

Le jour d'après, il se ravisa : « J'ai réussi, mais je renonce à réquisitionner des chômeurs. Ces malheureux, mal nourris et peu vêtus, y laisseraient leur peau. Je fais appel à des personnes de bonne volonté qui seront rémunérées à raison de quarante-huit francs par nuit. »

Le bourgmestre faisait de son mieux pour que personne, jamais, ne puisse rien lui reprocher. Il pensait à son bilan, à ce qu'on pourrait dire de lui dans dix ou cent ans. Il faudrait demander à sa secrétaire de recopier ses cahiers à la machine. Il n'était pas certain de l'orthographe de « Plaza ».

21

La Gestapo avait installé son siège au 453 de l'avenue Louise. Autant joindre l'agréable à l'utile : l'immeuble était cossu et présentait un hall d'entrée aux murs couverts de marbre noir de Mazy, une rareté. Marina, emmenée au sous-sol menottée, se dit que de tels matériaux venaient probablement du Congo. En réalité, ils étaient extraits en Wallonie, et cette région non plus, elle n'aurait pas le temps de la voir de ses yeux. Ni les splendeurs du monde, le port de Gênes, les pyramides d'Égypte, ni la Baraque de Fraiture, le Tombeau du Géant ou les Cascatelles d'Hastière.

Tandis qu'on la tirait par les poignets, elle s'évada sur le dos d'un rapace, mais d'un gentil cette fois, flottant au-dessus d'un fleuve brun. C'était l'avantage d'avoir l'esprit tourné comme le sien : on pouvait s'évaporer dans des mondes lointains.

Les caves de la police secrète du Reich n'avaient pas la même allure que le rez-de-chaussée.

Elles étaient distribuées par un couloir étroit au plafond bas, d'où pendaient des ampoules nues.

Le sol était en ciment, irrégulier, sale. De part et d'autre, de toutes petites pièces, trois ou quatre mètres carrés, de la largeur de leur porte, à travers laquelle on distinguait des gémissements en allemand, en néerlandais et en français. On poussa Marina dans la cellule 13, où l'attendaient une chaise et quelques gouttes de sang séché.

La jeune femme assura qu'il n'était pas nécessaire de lui faire mal pour qu'elle parle. Elle dirait tout, avec plaisir.

Mais c'est son réseau que les hommes debout voulaient.

Elle gloussa. Son réseau. Qu'est-ce qu'il ne fallait pas entendre. Un réseau ? Poisson d'avril. L'alliance d'un nazi à la figure ratatinée de poire sèche lui ébrécha une dent.

*

Quand il franchit la porte de l'appartement, Youri tomba sur des Allemands qui s'y étaient invités. Ils avaient tout retourné et ne restait plus une chaise dont le cannage n'ait été déchiré.

Les types en gris voulaient savoir où était sa femme. Mais ils devaient être plus au courant que lui, ironisa Youri.

L'un d'eux l'empoigna par le cou et le jeta dans un fourgon qui s'arrêta rue Traversière, devant les locaux de la Geheime Feldpolizei. On disait des choses terribles sur la GFP : qu'on n'en sortait pas entier, que ses méthodes de torture étaient sophistiquées, que les hommes, là-bas, étaient des bouchers.

Pourtant, leurs bureaux, modestes, ressemblaient à ceux d'une école ou d'un dispensaire. Au premier regard, on ne se doutait de rien. Mais quand on entrait, on entendait des cris.

Un lieutenant se présenta, il s'appelait Sawer, et un coup partit dans l'estomac de Youri. Gratuit. Pour instaurer le rapport de force.

Sawer lui posa des questions sur lui, ses opinions politiques, ses occupations, et Youri n'eut pas à se creuser pour mentir. Il travaillait au parc automobile de la Wehrmacht, il était parfaitement loyal aux Allemands, avait deux enfants et ne disposait ni du temps ni du luxe d'avoir des opinions.

Le nazi lui demanda qui étaient ses amis, les garçons avec lesquels il buvait, et Youri les désigna par leurs prénoms, car il n'en savait pas vraiment plus. Il certifiait que leurs conversations se bornaient aux blagues de caserne.

Sawer lui administra une paire de gifles et lui apprit ce qu'avait commis son épouse. Il lui demanda quel avait été son rôle dans ses attentats, et Youri prit l'air le plus surpris possible.

La porte s'ouvrit et Marina entra. Elle avait la lèvre supérieure tuméfiée, elle respirait mal, mais son regard avait une luisance orgueilleuse.

L'Allemand hurla à Youri, en lui relevant la tête par les cheveux, de faire cracher à sa pimbêche ce qu'il s'était passé, ce qu'elle avait fait et pourquoi.

Marina jura en russe. Sawer lui colla une baffe : elle devait s'exprimer en allemand ou en français.

D'une voix assurée, grave, où grondait une colère rentrée, elle expliqua que les boches faisaient trop de dégâts ici, et que les honnêtes gens, s'ils en avaient la santé, avaient le devoir de répliquer.

Elle n'eut pas le temps d'en dire plus : on la sortit de la pièce en la tirant par le col. Son chemisier était déjà taché et déchiré. Sawer lui détailla le fessier d'un œil dédaigneux.

Le lieutenant devait croire que l'attaque de l'avenue Marnix avait été fomentée avec Youri et les hommes du sous-sol, que Marina n'avait été que leur porte-couteau.

Il interrogea le jeune homme pendant plusieurs heures, ponctuées de raclées de plus en plus molles.

Au lieu de répondre aux questions, le prisonnier égrenait les noms des Allemands avec lesquels il s'entendait bien, son chef d'atelier, son patron, quelques ouvriers. Certains étaient familiers à Sawer.

Ce Maroutaëff candide disait peut-être vrai, il était possible que son lutin de bonne femme ne l'ait pas mis dans la confidence ! Quand les collègues de Sawer allaient entendre cette histoire… Une mère de famille qui avait poignardé de son propre chef deux nazis, sans entraînement ni réseau à huit jours d'intervalle, et qui s'était rendue, ce devait être une première mondiale. Belle prise.

Le nazi sortit, posa une question que Youri ne put déchiffrer, attendit une réponse d'un collègue, fit quelques pas dans le couloir, s'éloigna puis revint. C'était fini. Que ce Russe dégage.

Alors que Youri se voyait déjà suspendu à un croc, à se vider de son sang par les yeux, il fut stupéfait qu'on lui signifie déjà son congé. Sawer lui rappela tout de même d'un coup de matraque qu'il devait à présent rester en dehors de cette histoire. Ne pas chercher à parler à sa femme, sinon il connaîtrait le même sort. Le nazi fit un geste avec le pouce en direction de sa gorge. Couic.

*

Quand tu étais petite, une émission passait une fois par mois à la télé, et tant son titre que son générique et son sujet te déprimaient : « Jours de guerre. » C'était un bout-à-bout d'images en nuances de gris des années 1940, qu'aucun vieux ne manquait. On y voyait des chars et des troupes progresser, des bombes exploser. Le magazine avait duré cinq ans ; l'État belge avait hérité de tous les documents qui avaient servi à le préparer. Parmi eux, une interview de « Georges »

Maroutaëff, autrement dit Youri, que quelqu'un avait tenté de cuisiner à propos de Marina.

L'entretien avait été retranscrit, tapé à la machine, et dans ces deux pages versées aux archives et datées de 1991, tu avais lu que Youri pensait que le premier Allemand poignardé en était mort. Peut-être n'a-t-il jamais su la vérité, que la victime s'en était tirée. Il racontait que Marina était rentrée à la maison très nerveuse après la première attaque et que, passé une période mutique, elle lui avait tout avoué. Il exprimait sa réticence à la voir se rendre, car il nourrissait peu d'espoir quant à la libération des otages « qui étaient ou bien des suspects ou de toute façon des personnages indésirables », sous-entendant qu'ils allaient, quoi qu'il arrive, être exécutés.

Youri indiquait aussi que son épouse avait voulu se suicider en prison. L'opération avait échoué et la jeune femme avait par conséquent été jugée à Bruxelles, condamnée à mort, rejugée à Cologne, recondamnée, et « décapitée à la hache à la mode allemande », comme il aurait dit d'une recette de cuisine. (La mode allemande consistant en une « veuve de poche », guillotine portative composée d'une hache géante assortie de son banc dont tu avais déniché des représentations sur des sites internet tenus par des individus peinant à cacher leur attrait pour la cruauté.) Ensuite Youri s'emmêlait les pinceaux, essayait de résumer cette histoire sans y parvenir, et reconnaissait, sur le verbatim de l'entretien : « Vous voyez ? Cela ne va plus. » Il était déjà vieux.

Tu avais envoyé l'interview de son père à Vadim, qui t'avait répondu : « Toujours la même soupe. »

Il terminait son e-mail par : « Moi-même je suis perturbé... car mon frère Nikita vient de décéder... ! Je dois tout gérer... et digérer. » Toi aussi, ça t'avait fait un coup. Maintenant, il ne restait plus sur terre qu'une seule personne qui avait touché la peau du cou de Marina, un monsieur de 83 ans qui appelait « maman » une femme de 33.

C'est dans l'interview pour « Jours de guerre » que tu avais appris que Youri avait été emmené à la Gestapo militaire, située rue Traversière, après que sa femme s'était livrée aux autorités.

C'était anecdotique mais tout de même, c'était déconcertant : le soir même, tu étais attendue rue Traversière, où l'on t'avait invitée à assister à un spectacle dans un tout petit théâtre.

Cette rue, tu n'y étais jamais allée, elle n'avait d'autre attrait que cette salle, et tout à coup, elle se montrait deux fois dans la même journée.

Avant la représentation, tu en avais profité pour essayer de repérer ce qu'était devenu le bâtiment dont parlait Youri.

Il faisait très noir et le soir, dans ce quartier de Saint-Josse, une commune résidentielle de Bruxelles, on ne flânait pas. Ton attitude, à la recherche de l'immeuble, avait attiré l'attention d'un homme saoul, une bouteille en verre à la main, qui était venu te parler dans une langue énigmatique en faisant des gestes brusques. Tu avais eu peur qu'il te fracasse la tête et tu n'avais pas insisté. La pièce devait de toute façon commencer.

À l'issue de la représentation, l'homme était toujours là, et tu avais pris une discrète photo de la façade avant de t'engouffrer dans le taxi. Protégée par l'habitacle et à bonne distance de l'ivrogne, tu avais tapoté l'écran pour agrandir l'image.

Au-dessus la sonnette, sur une plaque lumineuse, on distinguait un nom qui te disait quelque chose, mais quoi ?

Tu l'avais entré dans la barre de recherche de ton téléphone et tu avais vu remonter un vieil e-mail d'une avocate. L'été précédent, comme une quinzaine d'autres femmes journalistes, tu avais été inscrite sur des sites de petites annonces sexuelles par un inconnu. Ce quadragénaire, qui disait n'avoir jamais eu de petite amie et semblait en vouloir à toutes, avait passé deux semaines en prison. Tu n'avais jamais su ce qui avait motivé la justice à lui réserver un tel traitement, alors que l'institution était en général plutôt indulgente avec ce genre de « canular ». C'était loin d'être le pire détraqué qui t'avait repérée : ses nuisances s'étaient limitées à quelques coups de fil libidineux en néerlandais.

Dans son courriel aux parties civiles, ton avocate révélait son nom et son prénom : c'étaient ceux renseignés sur la façade de l'ancien lieu de torture où était passé Youri, ceux qu'en zoomant dans la photo tu pouvais lire, sans méprise possible.

Tu avais pris ça pour un nouvel encouragement venu d'en haut, une autre pichenette de Marina. L'assurance, par l'envoi de signes discrets, que tu ne l'abandonnerais pas.

22

Sur les murs de la cellule de Marina à la prison de Saint-Gilles, quelques messages avaient été laissés à destination des prochaines détenues. Des petits mots et des dessins : « Merde », « Jacques » en oblique dans un cœur, « Pardon maman », et un visage d'enfant triste tracé du bout du doigt dans une substance brunâtre.

J'espère que tu ne gigotes pas la nuit parce que cette saloperie grince, avertit en guise de bonjour une silhouette, tournée vers la fenêtre grillagée.

La forme pivota. C'était une femme faite sur le modèle d'un cheval, robuste, cheveux courts, lèvres minces.

D'un mouvement du coude, elle indiqua à Marina la couchette du haut et reprit son activité.

La jument humaine aplatissait des boulettes de pain qu'elle roulait ensuite en boudins, humectait de salive, et collait au châssis pour le colmater. Il faisait un froid d'un autre continent dans cette pièce de six mètres carrés où le vent s'engouffrait, aussi piquant que s'il ne rencontrait pas d'obstacle.

Marina voulut savoir ce que la femme faisait à la fenêtre et la détenue grommela. La Russe s'enquit ensuite du motif de la détention de la femme-cheval et celle-ci lui répondit qu'elle lui en posait, elle, des questions.

Marina s'excusa, elle souhaitait simplement faire connaissance, être polie, montrer sa bonne volonté. C'était son premier jour en prison et elle n'en savait pas les usages.

L'autre la rassura, il n'y avait nulle obligation de faire la conversation, d'autant qu'elle n'avait pas le causant, ni le matin, ni l'après-midi, ni le soir ni jamais. Tout ce qu'il fallait c'était ne pas l'emmerder. Si c'était dans les cordes de Marina, alors tout allait bien se passer.

La grande femme s'appelait Gilberte. Elle se méfiait des autres, ça se voyait à la manière dont ses yeux s'agitaient dans leurs orbites, toujours à l'affût d'une agression à neutraliser. Pour cette raison, elle était aimable à la façon d'un molosse.

Elle en avait vu passer des taupes par ici, des salopes d'infiltrées.

L'accent russe de Marina l'adoucit cependant.

Et toi, t'as fait quoi ? grommela-t-elle à la novice.

Elle avait pointé un boche, une semaine après elle s'était rendue, et par la même occasion elle avait donné un coup de couteau à un autre Allemand. Voilà, c'était pour ça qu'elle était là, murmura Marina.

Il y eut un instant de silence, et l'autre éclata de rire. Elle ne la croyait pas.

Mais il y avait un drôle d'air sur le visage de Marina. Celle-ci s'en fichait d'être crue ou pas. Elle avait la vertu de son côté, ça lui suffisait.

Pourquoi donc ? s'enquit Gilberte. Se rendre, précisa-t-elle. Tuer un boche, ça tout le monde en rêvait, mais pourquoi s'était-elle présentée aux autorités ? Était-elle idiote ? Parce que, au cas où elle l'ignorait, les Allemands allaient la torturer, la briser, ils allaient tout lui faire cracher, et à la fin elle se retrouverait à balancer ses parents pour qu'on cesse de lui arracher des dents. Après une attaque, on se faisait oublier, on ne jouait pas les saintes pour se faire mousser.

Marina se renfrogna. Gilberte la dévisagea, sans que Marina comprenne si elle la prenait pour une folle ou une héroïne.

Pour ce qui la concernait, les Allemands avaient découvert que Gilberte tapait à la machine, en dizaines d'exemplaires, un périodique clandestin invitant à la grève pour le compte d'une cellule locale du Parti communiste. Le coût de la vie avait augmenté de 41 % depuis le mois de mai 1940 et les salaires n'étaient pas indexés. On trouvait du pain sur les étalages, mais plus de timbres pour l'acheter. Pendant ce temps, le journal de Rex avait touché six cent soixante mille francs pour insérer la publicité d'une firme étrangère dans ses colonnes. Voilà ce qu'écrivait Gilberte dans ses journaux.

Une rubrique de sa feuille d'information était consacrée à clouer au pilori les « hommes de l'ordre nouveau », qui espéraient sans doute passer à l'ennemi avec plus de discrétion : Gilberte tapait des mots du genre « cochon », « visqueux » et « répugnant » pour dire les plantureux émoluments qu'ils touchaient, les fonctions qu'ils occupaient, alors qu'ils avaient durant des années « mangé leur avoine au râtelier réformiste ».

Gilberte ajoutait çà et là une petite insulte et son cœur palpitait aux glorieuses nouvelles de l'Armée rouge.

Elle avait été dénoncée par un client alors qu'elle quittait le bistrot où elle avait déposé une liasse de gazettes, elle n'avait pas été prudente et elle fomentait des vengeances barbares pour le jour où elle sortirait, car elle sortirait, pas vrai ?

Marina, elle, savait qu'elle n'en réchapperait pas. Après tout, elle avait poignardé du boche. Elle voyait mal comment elle pourrait esquiver la peine de mort. Et pour être honnête, ça lui allait.

*

On apercevait tout un réseau de veinules sous les paupières de la mère de Marina. Ludmilla n'avait pas voulu inquiéter sa fille et s'était maquillée de manière à cacher sa fatigue, mais elle ne trompait personne : elle était abîmée. Savoir Marina en prison lui avait porté l'estocade. Sa fille, sa si jolie Marina à la peau si tendre, à l'odeur de biscuit, Marina son petit, tout petit enfant de 33 ans, dormait derrière les barreaux, dans le froid de décembre, sur on ne savait quelle natte infestée de puces. Et surtout, Marina allait mourir.

La mère entra dans la pièce que lui indiqua un maton. Il y avait quatre chaises : celle de la visiteuse, celle de la visitée et celles des observateurs, deux hommes en képi qui notaient tout ce qui se disait.

Les femmes ne pouvaient pas se serrer dans les bras, se prendre la main, elles ne pouvaient pas parler russe, elles ne pouvaient rien, sauf se dire qu'elles s'aimaient.

Ludmilla ne confessa pas qu'au fond d'elle, elle était certaine que sa fille n'avait pas commis ce qu'on lui reprochait. Qu'elle la soupçonnait de s'être rendue uniquement pour sauver la vie des soixante otages.

Ludmilla cherchait la confirmation de son innocence dans ses yeux, mais il semblait que déjà, Marina n'était plus là. Son regard glissait à côté de sa mère et elle se balançait sur sa chaise avec lenteur.

Pardonne-moi, maman, ma chère maman, ma maman d'amour, je suis si désolée, répétait-elle. Je suis navrée de t'avoir déçue, je sais que je t'ai déçue, je vois que tu souffres mais tu ne dois pas, oh non, il ne faut pas penser à moi avec tristesse, je suis bien ici, je te jure, nous sommes bien traitées, je mange à ma faim, il ne me faut rien, rien que ton pardon ma maman.

La mère de Marina pensait que sa fille avait essayé de sauver la mise à son voyou de Youri. Elle présumait que c'était son gendre le terroriste car c'était bien son genre à ce communiste, d'aller blesser un inconnu comme ça dans la rue et de s'enfuir sans assumer. Bien sûr la question ne pouvait être ici posée, et de toute façon l'attitude de la jeune femme laissait présager quelques entorses hallucinatoires à la réalité.

Oui, en son for intérieur, Ludmilla le sentait : l'attaque de l'avenue Marnix, celle du 7 décembre, c'était un coup des hommes. C'était brouillon, inconséquent, c'était dangereux… ça ne pouvait venir d'une femme, encore moins d'une mère, non. Les mères savaient cela, à travers le monde et les époques, elles partageaient cet organe inconnu, cet appendice dont il n'était fait mention dans aucun traité d'anatomie, se manifestant par un grésillement douloureux quand elles étaient confrontées à ce que les mères ne feraient jamais. Et ce que les mères ne feraient jamais, se disait Ludmilla, c'était se fourrer de sa propre initiative dans des situations dangereuses pour leurs enfants, les abandonner à un homme immature, prendre le risque d'en faire des orphelins et de leur infliger la douleur du deuil. Ce qu'elles ne feraient pas, c'était laisser croire à leurs petits que la patrie importait plus qu'eux.

Ludmilla avança une main vers le poignet de Marina. Les Allemands la regardèrent faire. La mère eut bientôt les joues inondées de fards mélangés. Sous ses longues boucles encore brunes, c'était une vieille, très vieille dame.

Marina passa les dernières minutes du parloir à supplier que ses enfants soient bien traités, qu'ils restent ensemble et qu'ils sachent combien ils étaient aimés.

Ce fut ensuite le tour de Marie, la mère de Youri. Elle avait demandé une visite et l'avait obtenue sans qu'on comprenne comment.

Marie qui avait toujours vu en Marina une subalterne, une domestique un peu gourde, la considérait maintenant avec respect. Ça se voyait dans sa manière de rester debout et d'attendre l'autorisation de s'asseoir. Ça se sentait dans la gêne avec laquelle elle ôta son chapeau, une fois installée.

Jamais Marie ne l'aurait formulé tout haut, mais elle voulait s'excuser.

Elle déclara à sa bru que si elle le désirait, elle se chargerait de ses fils. Elle leur donnerait les meilleurs soins et la plus parfaite éducation. Elle les emmènerait à la campagne, où elle était seule dans sa grande maison, et ils pourraient jouer dehors sans craindre un coup de talon. Elle les protégerait des représailles, ne les enverrait pas à l'internat. Ils auraient des œufs et de la viande, car Marie, dans ce coin perdu du Brabant wallon, s'était fait des amis, des alliés. Elle parla d'un fermier.

Pendant ce temps, Youri pourrait vaquer à ses occupations.

Il était trop jeune et fougueux, il avait trop de choses à accomplir pour s'encombrer de deux bambins, en particulier le grand si sensible. Youri n'était pas prêt et ne l'avait jamais été. Mais Marie, elle, saurait s'occuper des petits.

Il n'était pas question de leur faire la charité : ce serait un honneur, vraiment, d'élever ces enfants.

La cantatrice ne se laissa pas démonter par le silence de Marina. Elle articula, en russe, des mots à la gloire de Staline, qui firent sourire la prisonnière et énervèrent le maton.

Marina chuchota un merci humide. Marie sortit, émue elle aussi.

*

Les jours étaient lents à la prison de Saint-Gilles, et pas désagréables pour autant.

L'assurance que Marina serait fusillée impressionnait sa compagne de chambrée, qui s'était mise à lui vouer une admiration éperdue.

Gilberte était devenue un cerbère pour la jeune Russe : inutile d'essayer de lui chercher des noises, la femme-jument se trouverait toujours sur le chemin des pestes.

La plupart des détenues de cette prison étaient enfermées pour des délits mineurs : ici une grand-mère qui avait initié une manifestation contre les modalités de rationnement, là une jeune fille s'étant fendu d'un bras d'honneur au gardien du siège de la Kommandantur en hurlant au « porc perfide ».

Les gestes kamikazes de Marina lui donnaient un statut de notable au sein de la prison et ses camarades la traitaient avec une déférence agréable.

Certes il ventait dans sa cellule, certes il y avait pour unique mobilier un placard en fer aux dimensions d'une valise, certes sa paillasse était un sac de sciure, certes en dormant Gilberte grognait comme une jeune truie, mais elles n'étaient jamais à cours de mots croisés ni de couvertures. Gilberte organisait un approvisionnement auquel les autres se pliaient avec une joie servile. Marina était la mascotte, l'égérie de Saint-Gilles, on la savait bientôt morte et c'était comme si elle l'était déjà, presque une vierge miraculeuse dont les fluides avaient le pouvoir de guérir. La plupart des détenues lui témoignaient une amitié dont elle n'aurait jadis jamais pu rêver.

Elle qui avait été si isolée, elle qui avait envié les moniales restaurant des icônes dans les neiges du Tatarstan, elle qui avait songé à rejoindre une congrégation, n'importe laquelle, du moment qu'il y ait quelqu'un à qui parler, était ici au centre d'un groupe bien serré.

Le frère cadet de Marina lui fit parvenir une lettre. Les détenues mises au secret, ainsi qu'on disait des conditions de détention des prisonnières dangereuses, ne pouvaient pas recevoir de courrier, mais Rostislav avait des amis dans la SS et ils avaient autorisé ce passe-droit. D'autant qu'il s'agissait de faire savoir à Marina à quel point par sa faute, la famille vivait dans la terreur d'être arrêtée et déportée. Il l'avait signée Rostislav et non Rosty comme d'habitude et avait ajouté en post-scriptum qu'il l'espérait noyée dans l'eau de son repentir.

Et pourtant, dans cette corpulente maison d'arrêt aux tours crénelées, loin de ses enfants, privée de la plus élémentaire intimité, dans cette prison sinistre où elle pouvait à chaque moment être achevée, Marina se sentait, peut-être pas sereine, mais conséquente, droite, et le monde lui apparaissait un peu plus ordonné.

Les semaines passaient et la sensation d'harmonie se dilatait dans sa poitrine, l'aigle qui la malmenait s'éclipsait de longues journées, l'effroi n'était plus seul maître à bord.

Elle se surprenait à chantonner avec Gilberte des ritournelles à la mode et des chants à la gloire de la révolution prolétarienne.

Les nouvelles du dehors étaient rares, elles lui venaient essentiellement des Allemands qui l'interrogeaient.

Les nazis avaient exécuté leurs premiers résistants en Belgique. On assistait à un boom des naissances en Allemagne. Voilà ce qu'ils lui faisaient savoir des actualités.

Avec calme, Marina répétait et répétait encore qu'elle était bel et bien à l'initiative de l'attentat de l'avenue Marnix, que personne n'avait été mis dans la confidence, que si c'était à refaire, elle le referait et qu'elle attendait sa sentence.

Son attitude hiératique troublait les inspecteurs, qui rédigeaient des rapports où ils décrivaient une femme digne, imperturbable alors qu'elle aurait dû être terrassée d'inquiétude.

Ces documents suscitèrent la curiosité de l'Oberfeldkommandant von Hammerstein : il rendit bientôt visite à la terroriste.

Le lieutenant-général, aux commandes de l'armée allemande en Belgique, fit répéter son laïus à Marina, qui jamais ne déviait. Et elle ajoutait que si on la libérait, elle tuerait encore au moins vingt nazis. Cette vie était fausse et mauvaise et il fallait bien se résoudre à la remplir. Autant que ce soit du sang de l'ennemi.

Von Hammerstein n'avait ni le goût du morbide ni celui des outrances, mais quelque chose en Marina le touchait. Sa façon de raconter son histoire, yeux mi-clos qui le toisaient, mâchoire saillante en bouclier, joues replètes, mètre cinquante-six perdu dans sa pelisse : on aurait dit un enfant qui jouait à la grande personne, un petit qui aurait grimpé sur les épaules d'un grand, revêtu un imper et collé une fausse moustache pour acheter des cigarettes.

L'Allemand voulait savoir pourquoi Marina avait commis cet attentat, alors qu'elle avait si peu à y gagner, que la cohabitation entre les Belges et l'occupant était plutôt paisible ; alors qu'elle était une femme et plus encore, une mère, et que les femmes et plus encore les mères ne se livraient pas à ce genre d'assaut d'ordinaire. Il pensait que celle-ci était peut-être démente, ça se pourrait vu ses manières, son air de Cléopâtre en son palais alors qu'elle dormait dans un sac à viande. Sa réponse ne l'éclaira guère : J'ai compris que la mère Russie avait besoin de tous ses enfants, rouges et blancs.

L'homme sortit. Marina profita de l'absence de Gilberte pour ôter un morceau de vitre de l'encadrement de fenêtre et se le planter dans le cou, sous la mâchoire.

Lorsque Gilberte la trouva allongée sur son lit, Marina avait déjà cessé de saigner. Ça n'avait pas marché.

Il ne fallait pas se hâter. La mort viendrait quand elle viendrait.

*

Marina entra dans la salle d'audience en adressant un bon sourire à sa mère.

Si tu savais combien je suis heureuse, lança-t-elle.

Elle avait refusé d'être représentée par un avocat, elle ne souhaitait pas être défendue et son procès devrait donc durer quelques minutes à peine. Les Allemands jouaient le jeu de la justice, mais sans excès.

Marina plaida coupable.

À la question « Qui a donné l'ordre de tuer ces officiers ? », elle répondit : Ma conscience.

Le juge s'enquit de ce qu'elle ferait si on la libérait. Elle siffla qu'elle assassinerait d'autres fascistes. Le procureur la traita d'agent du Kremlin et ça lui convint.

Il requit la peine de mort, et puisque c'était également la volonté du Führer, il l'obtint. Le prononcé du jugement eut lieu dans la foulée. La criminelle serait exécutée dans les trois semaines.

Marina embrassa sa mère en partant : Je suis contente, je vais chez le bon Dieu. Sa mère qui se tenait voûtée comme une mendiante. Sa mère dont le désespoir, la honte et le chagrin avaient gonflé en eczéma sur les paupières. Sa mère qui n'eut pas le courage de suivre des yeux le fourgon venant d'avaler son enfant.

Quand Marina regagna la prison, elle fut accueillie par un concert de gamelles.

*

Le 28 décembre 1941 Ludmilla Chafroff reçut, portant l'estampille de Saint-Gilles, une lettre de sa fille. Celle-ci avait été obligée de l'écrire en français. Ses premières versions en russe avaient fini déchirées par l'autorité pénitentiaire. Marina n'avait pas les idées claires, mais elle avait voulu formuler quelques requêtes à sa mère.

Ma très chère maman !

Maintenant une vie nouvelle commence pour moi, en moi : la vie avec Christ, parce que je suis pardonnée, je suis pure. Je suis heureuse comme n'ai jamais été : Maman chérie, tu dois me comprendre et surtout ne pleures pas, parce que je te répète : « Je suis sous la volonté du Dieu ».

Je demande que personne ne bat jamais mes enfants !

Je demande pardon à vous tous et surtout à ma belle-mère.

Si tu pourras m'envoyer un colis (max 6 kilos) voici ce qu'il me faut : 2 jeux de cartes, quelques crayons taillés de deux côtés, des cahiers, 50 Frs. , des livres simples, coton a repriser, savon en poudre, essuie, éponge dure, brosse à dents, dentifrice, ceinture pour bandes (et des bandes hygiéniques), costume vert (jupe et jaquette), 1 culotte, 1 chemise, 1 paire de bas, 1 soutien-gorge, 1 taie d'oreiller.

S'il y aura de place mets encore 1 chemise et 1 pantalon. Merci d'avance.

Il ne faut rien pour manger, seulement un peu de sel. Merci pour la croix en bois.

J'aimerais que Youri m'écrira aussi quelques mots. Je vous embrasse tous. Que Dieu vous bénira[1].

1. L'autrice a corrigé quelques fautes d'orthographe et retranché certaines phrases redondantes ou entravant la compréhension.

*

Von Hammerstein suspendit l'exécution de la peine et revint voir la condamnée. Il lui parla d'une grâce que les Allemands seraient prêts à lui accorder. La reine des Belges plaidait en ce sens – la mère de Marina lui avait écrit et la souveraine s'était prise de pitié. L'Oberfeld-kommandant tendit une feuille de papier, une plume et un encrier à la prisonnière et l'incita à rédiger une demande. Marina les repoussa car elle avait, lui dit-elle, fait son temps. Le menton du lieutenant-général frémit. L'officier déglutit. Il ne fallait pas être triste ou fâché, le rassura Marina, elle n'avait pas peur de la mort et estimait l'avoir méritée.

Un silence accablé accueillit cette réponse. Et ce grand blond dans les cheveux duquel on voyait les traces du peigne, ce haut gradé de l'armée dont l'existence tout entière était dédiée au respect des règlements et procédures, posa la main sur l'épaule de la prisonnière et lui dit qu'elle devait penser à ses enfants, ces pauvres petits qui allaient grandir orphelins.

Marina y pensait, justement, et tout le temps. Tout le temps, radota-t-elle comme si l'homme en uniforme n'était plus là.

Von Hammerstein essaya encore. Il estimait qu'à la place de Marina, une Allemande en pays occupé aurait sans doute agi comme elle, et que lui aussi peut-être, qui sait, s'il avait été dans sa situation.

L'Allemagne attendait la parfaite allégeance de chacun de ses enfants : il n'y avait donc pas lieu d'infliger la peine de mort à cette femme qui n'avait fait qu'obéir à son dirigeant. Il insista : il pourrait, car il avait l'œil et l'oreille du Führer, convaincre Hitler d'être clément.

Surtout pas, se raidit Marina, par pitié, elle était heureuse du sort qui lui était promis, tout ici pour elle était terminé.

Elle croisa les bras et regarda ailleurs, un point sur le mur, pour exprimer à l'homme qu'elle ne l'entendait plus. Le lieutenant-général serra plus fort son épaule mais Marina demeura inébranlable. Pas encore morte et déjà statufiée. Le soldat sortit de la cellule les poings crispés sur ce gâchis qu'il ne pourrait empêcher.

*

Gilberte n'en revenait pas que Marina refuse d'être graciée. Une fille intelligente comme elle. Une qui aurait pu encore faire tant de choses. Et ses pauvres gamins…

Elle ne comprenait pas cette attitude. Si Marina y mettait un peu du sien, elle pourrait vivre. Elle ferait encore un peu de prison, bien sûr, allez oui, beaucoup, beaucoup de prison, mais elle verrait grandir ses fils. Et puis cette vie n'était quand même pas si laide… Le pensait-elle vraiment quand elle disait qu'elle n'avait plus rien à faire ici ?

Gilberte la conjurait de bien y réfléchir. De penser à ce qui était beau. De s'imaginer, à quelques kilomètres, le chant de la sittelle qui avait envahi la forêt de Soignes, son plumage si ravissant, son petit loup noir sur les yeux. Gilberte, elle, c'était au contact des animaux qu'elle trouvait de la valeur à l'existence. C'était en observant des canetons se hâter derrière leur mère qu'elle se sentait, comment dire, reliée.

Quand elle sortirait, Gilberte irait se coucher au bord de l'étang des Enfants-Noyés, écouter le murmure des êtres qui ne mangent les autres que pour se nourrir.

Ses considérations laissaient Marina froide. Elle n'était déjà plus là. Plus concernée. Elle allait disparaître et ses fils devraient lui survivre, c'était ainsi. Si Gilberte voulait lui être agréable, elle pouvait les retrouver à sa sortie et leur faire savoir que leur mère avait été fière d'eux.

Ça elle aimerait bien. Ça, ça lui ferait plaisir. Et tant qu'elle y était, que Gilberte leur dise d'épargner les soucis à leur père, qui lui aussi était encore un petit garçon. Et si elle pouvait ajouter une dernière chose, Marina aurait voulu, enfin dans la mesure du possible, que ses hommes pensent à elle de temps en temps.

*

Le général von Falkenhausen, le gouverneur militaire de la Belgique occupée qui cachait mal une certaine antipathie pour le Führer, aurait lui aussi préféré éviter qu'on tue Marina. Il craignait que les Belges ne se soulèvent, ce ne serait pas le moment. C'était von Falkenhausen, pourtant, qui avait décidé de la dette d'otages à payer en cas d'attentat sur un membre de l'armée ou de la police allemande. Mais l'histoire de cette femme, de cette Russe tellement déterminée l'avait touché. Cependant, l'offre rencontrait la demande : Hitler, lui, était inflexible et Marina également, ils souhaitaient tous deux une exécution dans les plus brefs délais. Von Falkenhausen avait beau être le plus haut des haut placés, le Führer n'en avait que faire de ses sensibleries de perruche. Il en avait sa claque de ses poses vertueuses, de cette componction dans laquelle il se drapait... Le leader nazi persistait et signait : cette bonne femme devait être tuée, éliminée, rayée de ses fichiers. Sinon, quel exemple cela donnerait ?

Le 30 décembre 1941, Marina Chafroff fut poussée dans un train à la gare du Midi et transférée à la prison pour femmes de Cologne.

Gilberte trouva une autre détenue dans sa cellule, une maigrichonne avec des cernes, voleuse à la petite semaine. Elle s'allongea sur sa paillasse, fâchée de n'avoir pu serrer une dernière fois sa camarade Marina dans ses grands bras. La nouvelle essaya de parler, de bavarder. Gilberte lui demanda de se taire, se tourna contre le mur et lui exposa son derrière. Ça faisait longtemps qu'elle n'avait plus pleuré. Elle savait que la drôle de petite Russe qui, durant son sommeil, demandait pardon, n'en avait plus que pour quelques jours. Et bien que ce qui lui reste de sensibilité paraissait avoir été émoussé par cette guerre, ça lui fit de l'électricité dans tout le corps d'imaginer une balle de fusil défigurer son éphémère amie.

*

Marina était arrivée en Allemagne.

Au cœur du complexe pénitentiaire de Klingelpütz, il y avait une petite cour centrale qu'on ne pouvait apercevoir de l'extérieur, pratique pour les décapitations.

Elle avait été choisie pour l'exécution de Peter Kürten, célèbre tueur en série ayant inspiré Fritz Lang pour *M. le maudit*, qui avait vu sa tête rouler sur le billot en 1931. Sur l'échafaud il se serait enquis : « Dites-moi, quand ma tête aura été coupée, pourrai-je toujours entendre, au moins un instant, le bruit de mon sang jaillissant de mon cou ? Ce serait le dernier des plaisirs. »

La justice avait longtemps cherché un lieu à la fois discret et spectaculaire où le mettre à mort : elle avait fini par trouver Klingelpütz commode et, depuis ce jour, cette prison était devenue le théâtre privilégié des exécutions à la guillotine et à la hache.

Marina dormait seule en cellule. On ne la sortit qu'à une brève occasion, pour une audience de confirmation de sa peine devant le tribunal militaire. Elle n'était pas une mais bien deux fois condamnée à mort.

Car elle n'avait pas une mais deux fois blessé un représentant de l'autorité d'occupation en Belgique.

Le 10 janvier 1942, Ludmilla découvrit au courrier une enveloppe avec une écriture enluminée et, à l'intérieur, deux feuilles dans un français approximatif exprimant des mercis, des demandes et des baisers.

Ma très chère maman !

J'ai reçu ton colis hier jeudi. Mais j'ai été très désolée : tant de choses, tant de dépances !

Et les pantoufles ! Combien tu devais payer pour tous cela ! Je te demande sérieusement de ne plus rien acheter.

S'il me faut quelque chose je t'écrirai et tu trouveras tout ce qu'il faut au 265 chaussée d'Ixelles.

Envoye-moi :

Chemise qui est à la cuisine sur l'armoire, culotte., soutien-gorge blanc, des bandes hygiéniques s'il y aura de la place. Au grenier dans l'armoire tu trouveras : blouse blanche et pelerine en laine gris-lilas. Des mouchoirs, une taie d'oreiller, du sel, savon en poudre, des livres, mais simples, si non on ne permettra pas par ex. Bonnes Soirées.

Je me sens ici comme dans un monastère. Je suis en bonne santé. Tout est bien. Écrivez-moi tout ce qui ce passe chez vous. Comment vont mes frères ? Gagnent-ils suffisamment pour vivre ?

Je vous embrasse, ne gardez pas rancune contre moi, je vous demande pardon de vous avoir causé tant d'ennuis. Merci pour les beaux colis.

Marina

Il y avait aussi un mot pour son mari.

Cher Youra !

Raconte-moi dans ta lettre tout ce que tu fait : où travailles-tu ? Vas-tu souvent à la campagne chez ta maman ?

Tu as reçu le charbon au mois de décembre ? Tu n'as pas faim ? Ta maman est en bonne santé ? Dis-lui que maintenant je l'aime bien, que j'ai été affreusement injuste envers elle.

Je lui laisse mes enfants, que Dieu la garde.

Surveille l'estomac et la gorge de Nikita. Laisse-lui son seul plaisir : lire. Sois sensible aux enfants, il ne faut pas oublier qu'ils n'ont plus la mère.

Tu peut avoir tous mes timbres tant que je vis. Ma carte de ravitaillement, comme beaucoup d'autres objets sont dans ma chambre au 3, rue Cans. Tu peut toujour aller là bas pour demander. Il y a 5 draps de lit à la blanchisserie St Boniface, pl. de la Tulipe. 2 livres de bibliothèque tu peut remettre. Un est à moi, l'autre, Tarzan, à Nikita.

Tu auras là 8 Fr. Reçois tu la soupe à la rue de l'Athénée avec carte jaune ?

Il le faut.

Fait des démarches pour le charbon de janvier. Envoye à Vadim son paletot vert en laine et son paletot avec imitation astracan gris.

Prend le bon pour chaussures de Nikita si tu aura de l'argent. Repont moi à tous les questions.

Marina

*

Marina réclame à sa mère un livre comme « Bonnes Soirées ».

Tu ne sais pas ce que c'est, peut-être l'ancêtre de *Télé 7 Jours*, peut-être l'éventail des divertissements disponibles à Bruxelles… tu l'ignores.

Mais ce matin, alors que tu te promènes, tu traverses une brocante et tu aperçois, sur une table, une pile de magazines en noir et blanc, en papier craquant, à la couverture illustrée de sultans séduisants et de bonnes sœurs foudroyées par la passion, portant le titre *Les Bonnes Soirées*. La promesse est alléchante : « Revue hebdomadaire illustrée des romans sensationnels ». Des amours contrariées puis triomphantes, écrites de la main de Robert Van Vlodorp ou Jacques Dastières, auteurs qu'on ne trouve plus que dans les greniers. Tu les achètes un euro, et entreprends de feuilleter cette liasse de revues des années 1940.

Que ce soit cette publication-là et pas une autre que souhaite lire Marina en prison te déstabilise.

Il n'y est fait aucune mention de la guerre, hormis de manière subliminale sur quelques réclames de produits de beauté qui « peuvent s'obtenir sans timbres ». Voilà le seul indice d'un quotidien organisé autour du rationnement. Dans *Les Bonnes Soirées*, on ne parle que d'amour et de poudre de riz. Une section « courrier des lecteurs » voit une rédactrice conseiller de se laver les cheveux à l'éther pour obtenir de belles ondulations et d'éviter de se rendre aux fêtes sans son fiancé si celui-ci est de nature jalouse.

Tu ingères l'histoire complète de « Thérèse et son bonheur ».

Thérèse est une jeune femme maltraitée par son mari, lequel lui parle, vu d'aujourd'hui, comme à un chien, comme aux chiens tels qu'on doit les traiter quand on les hait. Mais Thérèse s'en accommode car elle est « arrivée à bon port », comme le dit l'auteur pour qualifier la « mise en ménage » lorsqu'on est une femme. Et celle-ci est tout entière à son service.

Le couple vit dans une maison sans gaz et sans joie. Thérèse fait de son mieux pour être une bonne servante mais Pierre, l'époux, n'est jamais content.

Au mariage de sa meilleure amie, notre héroïne rencontre un homme, André. André est subjugué par Thérèse car Thérèse est d'une beauté de conte de fées.

Thérèse elle-même s'en trouve troublée mais demeure d'une loyauté parfaite à son mari, comme il se doit.

La vie continue, la jeune femme accouche d'un petit Marc qui lui dévore ce qu'il lui reste d'énergie, ses jours, ses nuits, et pendant ce temps, Pierre lui hurle de faire taire le nourrisson. Mais Thérèse estime toujours que c'est un époux correct, de bonne composition, et elle s'en satisfait.

Un jour, bien plus tard, André vient cependant se déclarer. Voilà Thérèse bouleversée.

André n'est pas seulement charmant, il est riche également. Et il a à cœur de la rendre vraiment heureuse. Elle s'en ouvre à sa mère qui lui passe un savon : Thérèse ne va quand même pas priver Pierre de son fils, n'est-ce pas, tout ça pour un homme qui s'en trouvera vite une autre, une fois éconduit.

Thérèse rentre dès lors dans le rang, non sans avoir fait savoir à son époux qu'un autre homme était amoureux d'elle.

La jalousie faisant son travail, Pierre sort maintenant Madame de temps en temps, et il lui arrive même d'être agréable. De son côté, André semble avoir oublié la jeune femme, tel que prédit par la mère. Tout est bien qui finit bien.

Le roman se termine toutefois sur le mari parlant à nouveau à Thérèse comme à un animal récalcitrant. Mais qu'importe puisque c'est auprès de lui que s'épanouit « le bonheur de Thérèse ». Fin.

Tu avales ce « divertissement féminin » un sourcil levé, en pensant à cette phrase de Benoîte Groult :

« Comme tous ceux que la servitude a dégradés, les femmes ont fini par se croire faites pour leurs chaînes. »

Tu imagines Marina se farcir ce genre de saloperie, ce licou de représentations qui, sous couvert de romantisme, s'assure que les lectrices ne puissent fantasmer une vie au-dehors, une vie tout court, ne leur proposant comme horizon que la cuisine. Tu te demandes le rôle que jouent de telles lectures dans le coup d'éclat de Marina. Tu sais bien qu'on peut être irrésistiblement attiré par ce qui écœure : tu n'arrives ainsi à te tirer du lit le matin qu'après avoir fait le tour de quelques comptes Twitter sordides, haineux et répugnants, mais tu crois que Marina n'en est pas au point d'espérer métaboliser ces lectures pour les subvertir.

Tu te renseignes et tu apprends que *Les Bonnes Soirées* est la publication avec laquelle est né l'éditeur Dupuis, en 1922, après s'être d'abord essayé à la diffusion de bulletins paroissiaux.

Conçu avec les conseils d'un chanoine, le magazine devait présenter toutes les garanties de préservation de la moralité du lectorat auquel il était destiné.

La vocation éditoriale de Dupuis est venue de l'apostolat par les revues de bonnes femmes. Le succès fut immédiat : fin 1922, un million d'exemplaires circulaient, œuvrant au projet balzacien de soustraire aux yeux féminins les livres que la nature de leur esprit les porterait à choisir. Rêver, ce serait déjà apprendre à se passer des hommes.

En janvier 1942, Marina, qui attend bravement la mort en cellule après s'être livrée aux « boches » pour sauver soixante otages, Marina qui se gave de discours de Staline, Marina qui trouve les hommes lâches... se distrait, s'évade, rêve en lisant des histoires de ménagères humiliées dans leur foyer, et qui en redemandent.

Des histoires où triomphe la morale catholique, qui glorifient la soumission, seule coquetterie dont il est convenable de parer une femme. « J'ai de la chance », se dit l'héroïne de « Thérèse et son bonheur » alors que son mari la rudoie. Et l'auteur sous-entend qu'en effet, ailleurs, chez les autres, c'est pire.

À cette même brocante, tu as déniché un magazine intitulé *Paris-Nuit*, relatant l'actualité des dancings et des restaurants en 1996. Les femmes n'y figurent qu'en qualité de beautés. Elles sont toutes mannequins, c'est l'époque des supermodels. Page 17, le personnel d'un club prend la pose : une douzaine d'hommes en salopettes et une femme, aux seins presque nus, soupesés d'une main farceuse par l'un de ses collègues. Il y a une comédienne célèbre affichée en couverture, sensuelle, très jeune. L'entretien qui lui est consacré la maintient au niveau du sol, du sous-sol même, la forçant à évoquer son couple alors qu'elle n'en a nulle envie, qu'elle demande qu'on lui laisse son « jardin secret », et qu'elle souhaite parler théâtre.

Pendant ce temps, sur Instagram, une pub sponsorisée t'invite à te fourrer dans le soutien-gorge un « masseur de poitrine innovant et sans risques » destiné à raffermir le buste qu'il est du devoir des épouses de tendre servilement, le soir, au mari. La vidéo montre une sorte de business woman, descendant d'une grande tour de La Défense, considérant l'idée d'acquérir ce vibrateur à seins avec une certaine gourmandise.

Tu la partages pour rigoler, pour te moquer de ces marques qui confondent les femmes et les quiches, et quelques-uns de tes abonnés te prient de t'accepter telle que tu es ou de faire du sport ou de t'oindre de telle crème ou de manger davantage… Tu te demandes d'où vient la méprise, vu que tu ne publies que des articles de presse, des machins politiques, vu que tu ne manifestes aucun intérêt pour les cosmétiques. Tu te remémores ces phrases de Valerie Solanas : « Vivre dans cette société, c'est au mieux y mourir d'ennui. Rien dans cette société ne concerne les femmes. »

*

Depuis sa fenêtre à barreaux, la captive attendait le signal. Elle pouvait être exécutée à n'importe quel moment. On ne lui avait pas donné de date. Elle se demandait si ça faisait si mal, une lame comme celle-là, une lame épaisse qui traverserait la peau, les veines, les os, muscles et tendons. Elle espérait que son cou cède sans difficulté.

Elle se vit se diriger vers l'estrade, un nazi sous chaque aisselle. Elle imagina toutes les possibilités. Peut-être, à un moment donné, trop tard, qu'elle freinerait des pieds comme un vieux chien auquel on veut faire traverser un soupirail inconnu. Peut-être qu'elle dirait aux geôliers qu'elle a changé d'avis, qu'elle n'acceptait plus de mourir en fin de compte, merci.

Qu'elle irait jusqu'à réclamer, mais en vain, une révision de son procès. Elle pleurerait, elle respirerait en faisant des bruits de cétacé. Elle donnerait des coups de poing et des coups de pied pour empêcher le bourreau de la coucher sur le banc. Elle surprendrait un fragment d'émotion dans le regard de l'homme. Penserait que peut-être, il pourrait renoncer. Mais non. Entendrait le schritch schritch schritch des ciseaux découpant sa chemise et dégageant l'encolure pour qu'elle ne fasse pas obstacle. Hoquetterait, roterait peut-être à force de haleter. Marina aurait les oreilles qui sifflent. Les yeux voilés. Elle tomberait certainement dans un autre état de conscience. Un état d'où elle percevrait comme derrière une tenture le chuintement de la lame qui choit.

Et puis ce serait l'inconnu. L'impossible à prédire et à décrire.

*

Marina dormit cette dernière nuit enroulée dans une couverture posée sur les dalles rêches d'une cellule de transit. On ne prit pas la peine de lui aménager une couchette.

Au petit matin, avant même le lever du jour, un aumônier lui rendit visite. Il lui annonça qu'elle allait bientôt monter à l'échafaud.

Rien ne pouvait lui faire davantage plaisir, exulta Marina.

L'homme fut surpris : d'habitude les condamnés se mouchaient dans sa soutane en hurlant qu'ils étaient innocents.

Elle, elle partait tranquille et elle était heureuse. Heureuse, heureuse, heureuse, qu'on ait accédé à sa demande de rencontrer un prêtre. Elle parlait, parlait, et parlait de combien la vie serait belle, là-haut, du ciel qui l'attendait avec ses anges et ses grelots. Marina espérait qu'elle profiterait du voyage, qu'elle verrait la terre d'en haut et peut-être, qui sait, qu'elle aurait l'occasion d'envoyer un petit signe à sa famille. Qui pouvait savoir comment ça allait se passer ?

L'aumônier poussa vers la détenue une assiette où trônait un beau morceau de gâteau brun nappé de crème. Son dernier repas, tel qu'elle l'avait demandé. Elle le mangea avec appétit, sans que la gêne la présence de l'Allemand. La pâtisserie offrait une association de goûts inédite à son palais, fruits, lait, chocolat, liqueur. Marina eut raison des dernières miettes avec les doigts.

Avait-elle le temps d'écrire un dernier petit mot à son mari et ses fils ? L'homme lui tendit du papier et un crayon.

Marina chantonna, de joie, de soulagement, entrecoupant la rédaction de ses ultimes lettres de prières et de baisers sur les mains du père.

Avant de le laisser partir, elle lui souffla quelques mots en russe pour l'aider à confesser les prisonniers orthodoxes.

Il n'avait jamais rien connu de tel. Du visage de la jeune femme, luisant de fièvre, émanait une chaleur qui aurait pu cuire des œufs. L'aumônier la prit pour une sainte.

*

Jourotchka

Laissons tout ce qui était de mauvais entre nous. Que seul restera entre nous l'amour. Si tu en aimeras une autre, si tu l'épouseras, tout de même l'amour qui tu éprouvais pour moi pendant 10 ans restera dans ton âme et, après ta mort nous nous rencontrerons.

Sois bon pour les enfants, prends les souvent dans tes bras, embrasse les. Je te le demande et à ta maman aussi.

Si tu va épouser une femme, je trouve qu'il sera mieux que les enfants resteront avec ta mère ; si ta mère prend un mari – chez toi.

Mais si Dieu dire autrement – fait comme tu trouveras mieux.

Ce sera mieux si les enfants n'iront pas au pensionnat.

J'aime ta mère, qu'elle me pardonne et qu'elle aime les enfants que je lui laisse et sera pour eux la seconde mère.

Et toi, je voudrais que tu soie exemple pour tes enfants.

Encore ce que je te demande : prie. Prie le matin et le soir, prie un peu pendant le jour.

Apprend par coeur les prières.

Va souvent à l'église, va te confesser et communier le plus souvent possible. Tu promet ? Oui tu fera ton possible ?

Je vais mourir dans 8 à 9 heures., je n'ai pas peur, je n'ai nullement de remords, je suis tranquille, je mourrai comme il faut.

C'est étonnant mais pas une seule fois en prison je n'ai été en colère, comme souvent je l'être à la maison.

Je n'ai pas pleuré en prison ; en âme presque toujours j'avais la paix et le Christ.

Je suis tranquille envers vous, je suis certaine que Dieu sera avec vous. Nous allons nous rencontrer très vite, parce que la vie humaine passe vite.

J'attendrai au Ciel, si je serai là.

Prend soin de la gorge de Nikita. Je te suis très reconnaissante pour le bonheur que tu m'as donné pendant notre vie conjugale. J'étais très heureuse, tu ne peut même pas imaginer.

Ne me plaigne pas, je vais au Christ, je suis heureuse, heureuse.

J'écris aux enfants à part, met ce papier dans une enveloppe pour que Vadim pourra aussi lire après.

Mon Dieu, je veux te raconter tellement de choses, ce que j'ai compris, ce que j'ai pensé, mais la langue est trop pauvre.

Et puis dans deux mots on ne sais pas tout raconter.

Mais tu me connais, tu peut comprendre ce que j'ai vécu. Toute mon âme est avec vous. Mais en même temps je suis déjà loin de la terre. Mon amour pour vous est propre, sans fin et éternel, mais pas terrestre.

Apprend les enfants la Peur de Dieu, parce que Dieu est bon, mais le Dieu souvent ne pardonne pas.

Dit à nos connaissances qu'ils fassent attention avec le marché noir. Il y a en prison beaucoup de gens pour cause de ça et venir en prison ce n'est pas intéressant je les assure.

Si tu vas te remarier fait attention, pense beaucoup avant faire ce pas.

Que Dieu te bénisse dans toutes tes bonnes affaires. Au revoir.

Marina

Kitik et Vadim, mes garçons bien aimés,

Notre bon Dieu m'appelle au ciel et je ne peux pas désobéir.

Je suis très très contente aller au ciel car c'est un beau monde tranquille, lumineux, chaud, tous le monde s'aime et le bon dieu est là avec sa maman.

Et les anges beaux avec des ailes blanches chantent et volent.

Vadim est encore petit mais toi, Kitik, tu ne dois pas avoir la tristesse de séparation avec moi, sinon je serai malheureuse.

Tu dois être heureux parce que moi je suis heureuse au ciel.

Aime Bouba et papa, grande-mère aussi. Embrasse souvent papa il est fatigué et si tu l'embrasseras il oubliera tout et sera gaie.

Soie bon avec Vadim. Si tu voudras le faire souffrir, au contraire, prends le dans tes bras tendrement et raconte lui quelque chose de beau ou montre lui des images ou joue avec lui. Et il va t'estimer. Tu est plus grand, tu dois être un exemple pour lui, pour qu'il voudra être comme toi.

Promet-moi bien étudier, aimer tout le monde, être obéissant, ne jamais mentir, aimer ta patrie, jamais voler.

Et prie le matin et le soir.

Je te laisse mon évangile lit le le plus souvent possible.

Papa te donnera mes autres livres et cahiers tu va les lire plus tard.

Aime papa et soie obéissant pour que tu sera joie et bonheur.

Quand Vadim sera plus grand tu lui montrera la lettre. Tu saura lui apprendra être bon ? Alors moi je vais vous regarder du ciel toute joyeuse. Et Dieu vous aimera beaucoup.

Mais si vous serez mauvais Dieu vous punira. Panse Kitik tout la journée : que faire encore pour être quelqu'un de bien.

Et tout le monde t'aimera et tu seras pour tous la joie.

Panse aussi à Bouba et grande-mère elle ont beaucoup de travail et de malheurs il faut les chérir, les protéger, tu est un homme et elles sont pauvres femmes.

Au revoir mes chers petits, soyez heureux, je vous bénisse, je prie Dieu pour vous, je vous aimerai éternellement. Que Dieu, sa sainte Mère et tous les saints vous gardent.

Votre mère

*

Cadres de l'administration, gradés et fonctionnaires de passage : il y avait beaucoup de monde dans la cour, ce n'était pas tous les jours qu'on décapitait une femme, c'était même une première à Klingelpütz. L'exécution de Marina, l'infâme poignardeuse belge, était un événement.

Tous voulaient voir à quoi elle ressemblait et tous furent déçus de la trouver si petite et maigrichonne alors qu'ils espéraient une grande femme robuste, déployant des charmes vénéneux si souvent fatals aux hommes. Ils auraient voulu une physionomie méchante, des yeux étirés, de grosses lèvres. Ils auraient voulu une chienne, ils avaient une souris.

Cinq minutes auparavant, la délinquante avait reçu une piqûre spéciale, destinée à lui paralyser les cordes vocales. On la vit essayer d'exprimer quelque chose aux spectateurs, mais seul un souffle de trompette bouchée sortait de sa gorge. Elle n'aurait pas pu paraître plus inoffensive.

Un officier déposa sa casquette sur l'estrade et conduisit Marina à l'autel où l'on allait la sacrifier. Elle ne portait qu'une robe de flanelle blanche à l'encolure dégagée. Cette mère de famille ressemblait à un garçonnet en liquette. On vit le soldat l'allonger sur le banc de cuir, lui tourner la tête du côté de l'assistance à laquelle elle jeta un sourire, puis l'aligner dans l'encoche prévue pour le menton.

Le cuir était doux, patiné déjà. Les pieds de Marina dépassaient de la banquette, l'image était burlesque.

Seules ses mains étaient entravées, elle avait tout le loisir de se débattre mais elle ne le fit pas. Elle savait qu'il ne serait pas dans son intérêt de faire durer le supplice. Pourvu que le bourreau ait le geste sûr. Qu'on en finisse.

Certains ici se souvenaient d'exécutions maladroites, de cous à demi entaillés, qu'il fallait se résoudre à scier. Ils revenaient pourtant regarder.

L'homme sans casquette saisit une lourde hache exposée au mur. Le poids de l'ustensile entraîna son épaule vers le bas.

Il avait déjà décapité vingt-trois hommes et c'était toujours une épreuve. Le bruit des os qui se brisaient, le sang, imprévisible, qui jaillissait là où on ne l'attendait pas, la proximité avec le condamné qui tenait à le regarder droit dans le fond des globes…

C'était son métier, il n'avait pas à l'apprécier, mais il aurait plaidé, si on l'écoutait, pour que l'on adopte des techniques plus respectueuses du bourreau.

Il supputait cependant que ses doléances figuraient en dernière ligne sur l'échelle d'importance accordée aux complaintes des petites mains du Reich. Il soupira. C'était l'heure.

Ses camarades exécutèrent un *Heil Hitler* plein de fougue puis reculèrent d'un pas. Les bottes claquèrent à l'unisson sur le pavé.

Le bourreau prit le manche à deux mains. Il s'avança. Le son de ses pas ricocha sur les surfaces. Lesté de sa hache, il pesait une enclume.

Une mélodie retentit dans la tête de la jeune Russe.

Sol – mi – sol – fa dièse – ré dièse – mi…

Le chef de la prison trouvait la scène très à son goût, il avait hâte de la raconter au dîner auquel l'avait convié le lieutenant-colonel Skozerny. Il préparait déjà ses effets : et c'est là que la petite silhouette immaculée se raidit sur le banc, que le public retint son souffle, et que l'exécuteur des basses œuvres, à la musculature de cheval, fit tournoyer l'outil, offrant à la foule le spectacle qu'elle espérait, blablabla…

La bonne de Skozerny cuisinait mal, heureusement la cave à vins du colonel était exceptionnelle.

Le silence qui entourait Marina était dense, les cœurs battaient synchrones dans le public. Ils pompaient à toute vitesse, le rose montait aux joues des hommes, les respirations s'accéléraient.

Certains gradés souriaient un peu, sans le faire exprès, c'était la concentration qui tendait leurs commissures.

L'officier grogna en levant la hache haut dans les airs. Sa lame scintilla dans le faisceau d'un projecteur. Un jeune soldat détourna les yeux, pris de panique, il regrettait d'être présent mais ne pouvait faire demi-tour, on se moquerait de lui, et peut-être, on le punirait. Il devait se moucher, il devait uriner, il était terriblement mal à l'aise et il pensait à son père qui n'aurait pas été fier de le voir si engourdi, si pataud. L'armée aurait dû l'endurcir. Quelle honte de lui faire honte.

On entendit l'air chassé par la masse métallique sur sa trajectoire. Fffvou.

Un souvenir fit irruption dans la tête de Marina. Elle avait 7 ou 8 ans et elle était battue par sa maîtresse. Fffvou, faisait une règle en métal avant de lui meurtrir les doigts.

Un SS toussota au dernier rang.

Marina aperçut l'aumônier. Il était venu, c'était si gentil ! Elle lui aurait fait un signe si ses mains n'étaient pas attachées.

Le bourreau eut, comme toujours, une pensée pour celui qui devrait, ensuite, nettoyer le plancher. Le panier d'osier qui réceptionnait les têtes laissait passer les fluides. Il faudrait le brûler. Ce n'était pas confortable de travailler avec un matériel aussi vétuste.

... ré bécarre – ré bécarre – ré bécarre – do dièse – do dièse – do dièse – do bécarre – do bécarre – do bécarre...

Marina ferma les paupières sur une image de Vadim et Nikita, la fois où ils s'étaient hissés sur un manège de la foire du Midi et puis

... si – mi – do – mi – si.

Ça ne faisait pas si mal
On ne sentait rien
Ce n'était rien
Le ciel était noir
Non il était rouge
Noir
L'homme qui reniflait s'était mouché

C'était beau ce silence
C'était

Le bourreau enfila des gants blancs, souleva la tête par les oreilles et la montra à l'assemblée. Un greffier écrivit dans son registre que la criminelle était morte, qu'il s'agissait de la première femme de Belgique à subir ce sort et qu'il était 5 h 05.

23

La décapitation de Marina Chafroff-Maroutaëff ne fut pas rapportée dans les journaux. Les Allemands se disaient qu'il valait mieux se la jouer discrets. Ce n'était pas le moment de créer l'occasion d'un engouement, d'une admiration. Ils se souvenaient d'Edith Cavell, l'infirmière anglaise dont l'exécution en 1915 avait indigné le monde entier et décidé les États-Unis à entrer en guerre. Les nazis devaient se garder de faire de Marina une martyre, craignaient les émeutes, et plus encore peut-être, l'édification d'une légende. Les gens étaient si prompts à se fabriquer de nouvelles Jeanne d'Arc et celles-ci faisaient tant de tort aux relations entre les peuples et leurs autorités d'occupation.

Les quotidiens belges officiels étant « embochés », réquisitionnés, ils ne publièrent plus rien, jamais, sur Marina.

La femme sans tête tomba dans l'oubli avant même que quiconque ait pu prendre connaissance de son destin.

Elle convulsa une dernière fois, lorsqu'eut lieu le procès d'un mauvais plaisantin. La presse se fit l'écho de cette histoire sans jamais nommer Marina. C'était une affaire censée faire rire, cruelle, racontée avec fiel par des rédacteurs gourmands de morales appelant des piloris et des bûchers.

Une fable prenant pour antihéros un certain Hippolyte Reynaert.

Marina était morte depuis cinq jours quand le journal *Le Soir*, le premier, se pencha sur son cas.

Reynaert était un homme marié, bien sous tous rapports.

Et comme beaucoup d'hommes mariés bien sous tous rapports, Reynaert avait aussi une petite amie.

Reynaert était heureux, d'un bonheur parfait, à l'équilibre : à gauche la sécurité du foyer, à droite l'exaltation de la liberté.

Un jour de malchance, toutefois, notre homme se vit ravir sa maîtresse par un dénommé Contillac, qui n'était lui encombré par aucune femme ou fiancée.

Hippolyte Reynaert se laissa choir dans un désespoir laissant rapidement place à une colère dont lui-même ne savait que faire. Il estimait avoir des droits sur la fille et, au nom de ceux-ci, s'attela à une petite vengeance.

C'étaient ces représailles que les journaux de février 1942 décrivaient dans leurs chroniques judiciaires. Un dossier autrement plus amusant que les vols de manteaux et vendettas à coups de fourche dont ils entretenaient leurs lecteurs à longueur de page 2.

Reynaert écrivit d'abord de nombreuses lettres à son aimée, la suppliant de réviser son jugement et de lui revenir. Il destina ensuite son ressentiment à Contillac. « J'étais le premier, dit-il, et si vous ne me la rendez pas, vous aurez à vous en repentir. » Son rival ne se laissa pas émouvoir.

Jusqu'à ce qu'il reçoive la visite de deux policiers belges puis de deux allemands, l'accusant d'être le terroriste de l'avenue Marnix.

Docile et innocent, Contillac se défendit comme il pouvait, jusqu'à ce que les agents lui secouent sous le nez une lettre de dénonciation disant ceci : « ... je ne puis supporter qu'à cause de lui, toute la population bruxelloise soit punie, et que des otages soient fusillés. L'auteur de cet acte imbécile s'appelle Contillac... ».

Suivait l'adresse exacte du prénommé, celle du délateur et une signature, « Eugène Devisch ». Dépêchés auprès de l'informateur pour prendre sa déposition, les policiers durent se résoudre à constater qu'il n'existait aucun Eugène Devisch.

Contillac examina ses lettres et déduisit qu'il s'agissait d'un coup du cocu : il avait conservé dans un tiroir ses véhéments courriers, et ceux-ci étaient ornés de la même graphie.

Un spécialiste des écritures confirma son constat : c'était bien Reynaert derrière ce canular. L'amant malheureux écopa de trois cent cinquante francs d'amende et de neuf mois de prison.

Le journal *Le Soir* conclut : « Voilà où les mauvais tours de sa petite amie peuvent mener un homme. Et Hippolyte Reynaert, à l'audience, était plutôt honteux… Honteux comme un Reynaert qu'une poule aurait pris… »

C'est ici que s'arrêta de battre le cordon reliant encore Marina au ventre de la guerre, dans quelques lignes égrillardes rendant les femmes responsables des misères que se faisaient les hommes.

24

Ludmilla avait beau connaître le destin promis à sa fille, quand un courrier de l'autorité allemande officialisa son trépas deux mois après sa mort, affirmant qu'elle avait été fusillée, elle sentit le sol s'ouvrir sous ses souliers, l'engloutir et la mâcher.

Elle en avait connu des douleurs, mais celle-là ne pouvait s'exprimer ni en mots, ni en cris, ni en rien. Cette souffrance se révélait sur la peau. La mère de Marina devint transparente et filandreuse, mi-femme, mi-toile d'araignée. Le père Chafroff était mort. Il n'avait pas survécu longtemps à la décapitation de son enfant.

Ludmilla passa les années qui suivirent à tenter d'obtenir des réponses aux questions qui la noyaient.

Elle envoyait des lettres à la Croix-Rouge. Elle voulait qu'on lui renvoie les affaires de sa fille, parmi lesquelles le carnet qu'elle tenait peut-être dans sa cellule. Mais Marina n'avait pas rédigé de journal.

Ludmilla souhaitait connaître l'emplacement de sa sépulture, mais on ne pouvait le lui communiquer.

La mère de la suppliciée dut attendre le mois de juin 1945 pour qu'on lui indique enfin qu'une tombe au nom de Marina portait le numéro 29 au cimetière de Cologne. Une dame de la Croix-Rouge ne l'avait pas oubliée. Dès qu'elle apprendrait une nouvelle information, aussi infime soit-elle, elle la lui transmettrait.

Le rapatriement du corps de Marina n'était pas à l'ordre du jour. Il y avait une procédure à respecter, elle était longue, devait se négocier. La guerre était finie et tous les pays d'Europe inventoriaient des cadavres à récupérer.

En attendant, Ludmilla écrivait des courriers à quiconque avait connu son bébé.

L'aumônier Heinrich Geriges avait pris des notes, des centaines de pages plus effroyables les unes que les autres. Il avait accompagné dans la mort plus de deux cents prisonniers et s'était donné pour mission de consigner sur chacun une série d'informations qu'il comptait livrer aux familles un jour, après la guerre si celle-ci venait à se terminer. Ça n'avait l'air de rien, mais c'était une opération risquée, il aurait pu la payer de sa vie.

Quand il reçut une enveloppe de Belgique, signée par la mère de Marina, il n'eut pas à fouiller pour retrouver les souvenirs qui lui étaient liés : il se rappelait parfaitement cette femme, « unique », « lumineuse » et si gentille, qui avait eu la tête tranchée. Il n'oublierait jamais sa piété, sa ferveur, la sérénité qui était la sienne au moment de s'allonger sur le billot. C'est ce qu'il confia à sa mère par retour de courrier. Ludmilla accueillit cette révélation comme on encaisse un coup dans le dos : elle, elle pensait que sa petite était morte d'une balle dans la tête. Il lui fallait en savoir plus.

Votre éminence,

Je ne sais pas comment je suis encore vivante après cette tragédie, après la mort de mon enfant, de ma petite Marina bien aimée, tellement fort aimée. Votre lettre, mon père, m'a donné beaucoup de consolation, parce que je sais qu'elle a mourru comme une vraie chrétienne, comme une petite héroïne. J'ai reçu grand consolation de vous que sa belle âme est près du Bon Dieu.

Oui, elle était toujours bonne, ma petite Marina avec tout le monde, avec tous les pauvres et malheureux.

Je ne savais pas jusqu'au présent qu'elle avait eu la tête coupée. O, quelle terrible mort ! Quelle souffrance ! Écrivez-moi, Révérend Père, de ses dernières minutes. Peut-être elle priait quelque chose ? Comment elle était enterrée ?

On l'apportera en Belgique. Elle sera près de moi.

Je vous prie, mon très Révérend Père, de bénir le nouveau cercueil où elle sera remettre, et mettre une petite croix avec elle, si possible. O, comme je veux beaucoup vous écrire, mais je ne sais pas bien écrire en français, mais j'espère que votre belle âme comprend tous mes sentiments sans paroles.

17 août 1945
À la mère de Marina Chafroff, à Bruxelles,

J'ai connu Marina dès le premier jour où elle est arrivée à la prison de Cologne.

Le 31 janvier 1942 à 5 h du matin, elle est morte. J'étais avec elle et je lui ai donné l'extrême-onction quand elle a été emmenée au cimetière.

J'avais passé la nuit du 30 au 31 janvier avec elle. Elle était calme et valeureuse. Nous avons beaucoup parlé de vous et de ses deux enfants. Elle m'a aussi raconté sa propre enfance. Nous avons également évoqué des choses religieuses, et avons prié ensemble durant plusieurs heures.

Je suis prêtre catholique romain et puisqu'il n'était pas possible de trouver un prêtre orthodoxe qui aurait pu porter assistance à votre fille, je m'en suis chargé.

Elle a, dans la prière et dans la foi, en Dieu et en sa mère la Vierge, trouvé un réconfort et une force qui lui ont permis d'affronter avec calme les dernières heures de sa vie.

Suite à une demande de votre fille de pouvoir participer à une messe, j'en ai célébré une spécialement pour elle, le 31 à 4 heures du matin. Votre fille a pu recevoir la sainte communion.

Grâce à la force de ce sacrement, elle est restée tranquille lors de sa dernière heure, elle n'a pas pleuré et elle est morte avec une prière sur les lèvres.

Pendant cette nuit, et plus particulièrement durant la messe, j'ai été frappé par le caractère pieux de votre fille. Par la manière recueillie avec laquelle elle se préparait à la mort. Je suis sûr qu'elle est auprès de Dieu, au ciel.

La situation politique dont nous venons de sortir ne me permettait pas de vous écrire tout cela ouvertement, et je me réjouis de pouvoir le faire aujourd'hui.

Vous aviez une fille bonne, qui est morte en femme pieuse.

Avec tous mes respects[1].

Heinrich Geriges

Votre éminence,

il n'y a pas des paroles dans la langue humaine pour vous exprimer mes remerciement grands et profonds pour tous ce que vous avez fait pour ma malheureuse petite Marina.

Je remercie le Bon Dieu qu'elle n'était pas seule pendant ses dernières et terribles heures ; que le Christ vous envoyait pour elle.

« C'était la bénédiction du Ciel », elle m'a écrit dans sa dernière lettre.

Oui, c'est vrai ! C'était la bénédiction du Bon Dieu.

Quelle horreur, quelle tristesse elle a vécu !

Et vous, vous seul la soutenu dans cette terrible nuit. Votre âme pure et si belle aidait à ma pauvre fille d'entrer dans la vie meilleure et éternelle.

1. Lettre traduite de l'allemand.

Je voudrais bien, cher père, que vous pouviez, sans paroles, sentir tous mes remerciements profondes et éternelles, Mes sentiments cordiales.

Je ne sais pas si vous comprenez tous ce que je veux dire.

Tout le monde aimaient toujours Marina, et j'ai croyé qu'elle sera la plus heureuses de tous mes enfants. Le bon Dieu jugeait autrement.

Comme un homme elle est devenue la plus malheureuse, mais spirituellement elle est la plus heureuse de tous. (je ne sais pas bien expliquer ça en français).

Pendant toute sa vie, elle voulait être au plus près du Bon Dieu. Elle avait le bon cœur pour tous les malheureux. Et maintenant elle a trouvé enfin son chemin.

Par l'amour la plus haute, l'amour pour ses prochains, elle a trouver enfin son bonheur.

Elle m'a écrit de la prison en Belgique : « Pendant les meilleures minutes de ma vie, je n'était pas si heureuse comme maintenant.

Veuillez agréer, Mon père, tous mes sentiments très cordial et dévoué.

Ludmilla Chafroff

L'aumônier et Ludmilla poursuivirent leurs échanges *ad libitum*, dans de longues litanies de grâces à Dieu.

Pendant ce temps, en Allemagne, une petite dame pimpante d'une cinquantaine d'années dirigeait avec son mari l'opération de rapatriement des corps des martyrs belges.

Elle travaillait pour la Croix-Rouge, et la Croix-Rouge c'était, selon son slogan, « ce qui reste quand tout a disparu ».

Emma-Claire Backhaus, que l'on appelait Madame avec une déférence amidonnée, se faufilait dans les fosses du cimetière de Cologne avec des bottes et des gants, pour être certaine qu'on renvoyait le bon cadavre à la bonne famille. C'était elle, l'identificatrice. Elle qui plongeait les doigts dans les bouches pour compter les dents, elle qui inspectait les doigts à la recherche de bagues ou d'alliances, elle qui notait tout ce qui permettait de s'assurer du nom des morts. Les familles lui avaient écrit des tas de choses, vraies et fausses, sur ceux qu'elles pleuraient. C'était sur base de leurs déclarations qu'Emma-Claire faisait son enquête, parfois à mains nues. Certains parents se trompaient, voyaient leurs fils plus grands dans la mort, leur prêtant un mètre quatre-vingts alors qu'ils mesuraient dix centimètres de moins. C'était très compliqué.

Il y avait aussi les décapités, dont il fallait reconstituer le bilboquet de squelette, et qui n'avaient parfois pas la tête de leur corps, comme on aurait dit que certains n'avaient, comme Emma-Claire Backhaus par exemple, pas la tête de l'emploi.

Les fossoyeurs allemands, qui descellaient les cercueils au fer à souder, se précipitaient pour aider Madame à descendre dans une terre émettant un bruit de succion à chaque pas, mais Emma-Claire n'en avait pas besoin. Cette femme était une force de la nature, presque un animal, elle travaillait des heures durant dans le froid mouillé de la glaise sans se plaindre, mue par une volonté féroce de rendre grâce à tous les héros tués par le nazisme. La guerre avait fait fermenter en elle une colère sourde, dont elle se protégeait de l'explosion en se tuant le dos dans les tombeaux.

Pendant ce temps, son mari signait des rapports et organisait des cortèges.

Une fois la fiche dentaire rédigée et l'identité du défunt certifiée, le corps était placé dans un cercueil en zinc, dont la doublure devait empêcher les gaz de décomposition de s'échapper.

Quand Emma-Claire ouvrit le coffre numéro 29, elle fut surprise d'y trouver un squelette minuscule et pensa un instant qu'on y avait couché un enfant. Marina Chafroff-Maroutaëff avait bien été coupée en deux, ce qui voulait dire qu'elle serait parmi les premiers à être rapatriés en Belgique. C'était ainsi qu'on avait décidé de l'ordre des priorités : les décapités, si l'on peut dire, en tête.

Cette idée la rasséréna. La mère de Marina lui avait envoyé de nombreuses lettres, elle en avait été émue, et elle savait que chaque jour passé loin de son enfant écartait Ludmilla de son armistice intime.

Hélas, l'administration ne voulait pas d'une Russe dans le premier convoi. Pour le jour de deuil national décrété le 27 avril 1947, pour la réception organisée avec faste au Tir national, elle ne souhaitait honorer que des Belges.

Alors Ludmilla devrait attendre, encore. Emma-Claire en conçut un certain chagrin, qu'elle épongea en se jetant davantage dans le travail.

Le 21 avril elle avait toujours un mauvais goût sur la langue, dans la voiture à la proue du cortège quittant Cologne sous un soleil généreux pour cheminer à pas d'homme vers la Belgique. Une cérémonie avait eu lieu au cimetière, où le seul Allemand ayant été autorisé à se montrer était le père Heinrich Geriges, l'aumônier, qui tomba dans les bras de madame Backhaus, au mépris des convenances. Ils s'étaient si souvent parlé par lettres interposées. Ils s'étaient tellement aidés. Avant que le cercueil de la femme sans tête fût à nouveau scellé, Claire, sur indication de Ludmilla, y avait déposé une Bible et un peu de terre de Russie, tandis que Heinrich, toujours à la demande de la mère, lui avait donné sa croix.

Un journaliste venu passer la journée avec Madame écrivit dans un article : « Quand le corps est mis en bière, cette femme admirable a le geste féminin de répandre sur le suaire quelques fleurs de pétunias. »

Ce matin d'avril, cinquante-neuf cercueils dans cinquante-neuf voitures traversaient la campagne allemande. Tout au long du chemin, des hommes rendaient les honneurs. Les drapeaux étaient partout, baissés à mi-hampe.

C'était grandiose et Marina n'en était pas.

Marina, elle, reviendrait au pays par une plus petite porte, le 12 mai 1947, dans un cortège formé de dix corbillards seulement, se concluant par une courte cérémonie.

Dans le journal, pour annoncer leur inhumation à la pelouse d'honneur du cimetière d'Ixelles, quelques mois plus tard, les homologues masculins de Marina auraient droit à des titres comme « prisonnier politique » ou « membre de la Belgian Liberation Army » tandis qu'elle ne serait que l'« épouse Maroutaëff ».

*

Trois pots de fleurs sont apparus au pied de la tombe de Marina. Il fait beau, des oiseaux sautillent sur les pelouses, des couleurs vives jaillissent dans les massifs. Il fait chaud, même, et quelques malins ont trouvé refuge au cimetière d'Ixelles car partout ailleurs, à Bruxelles, les parcs sont pleins. Tu es venue travailler ici, pianoter sur ton smartphone en espérant qu'avoir un œil sur ton héroïne lui permettra d'établir un contact avec toi.

Car Marina semble t'avoir lâché la main. Depuis que tu as décrit son rapatriement, tu n'as plus capté de hasard, de coïncidence, personne ne t'en a plus parlé, c'est comme si tout ça, c'était passé. Qu'il y avait eu une ouverture, une trouée, un genre de canal entre le présent et le passé le temps que ça devait durer, mais que la porte s'était refermée. La séance de spiritisme était terminée.

Là, c'est le mois de mai, tu es assise sur un banc à regarder une pierre inanimée dont la vision, étrangement, ne te fait plus grand-chose, comme si elle avait été vidée de son pouvoir. Tu as mis du temps à la retrouver, tu étais passée devant mais elle ne t'avait pas appelée.

Sur le gazon, il y a un homme, couché sur le flanc, qui mâchonne un sandwich.

Un autre ramasse les poubelles en fredonnant une chanson paillarde.

Le cimetière ne te parle plus que d'aujourd'hui. C'est peut-être la faute de l'été, cette saison qui conjugue tout au présent.

Face au reposoir des martyrs, tu fais une promenade dans la presse belge d'après-guerre sur le site de la Bibliothèque royale, mais après le retour de sa dépouille, et ce alors qu'elle fut reconnue prisonnière politique à titre posthume et reçut en cette qualité quelques breloques belges et russes, Marina ne figura plus nulle part dans les journaux.

C'est comme si rien n'était arrivé, comme si la jeune Russe avait été un grain de poussière et qu'on l'avait balayé.

C'est comme si elle avait été annulée, expurgée d'un film dont on aurait décidé, au montage, que son rôle, finalement, n'apportait rien à l'histoire.

La Belgique en avait terminé avec elle.

Tu trouves ça injuste, moche et triste.

Tu en parles à Nicolas, ton ancien amour russe, que tu tiens au courant de l'état d'avancement de ton projet de roman. Il te déniche quelques articles sur Google.ru, et tu découvres qu'il existe un film au sujet de ton héroïne, sorti en 1982, avec la rousse Lyudmila Nilskaya dans son rôle. D'hyperliens en zones cliquables, tu apprends que cette petite dame permanentée était une grande vedette dans les années 1980, retombée dans l'anonymat après l'effondrement du bloc de l'Est et de son industrie cinématographique de propagande.

En trois clics sur des portails en hiéroglyphes russes qui te font l'effet de robinets à porno, tu trouves un site dédié au partage en streaming de films soviétiques, tu enfiles tes écouteurs et tu lances, en avance rapide : Где-то плачет иволга… : *Quelque part un loriot pleure…*

Une statue tournoie en ouverture : là où l'on exhibe un lion pour la MGM et un coq chez Pathé, les studios Mosfilm avaient choisi un célèbre totem du paysage moscovite, *L'Ouvrier et la Kolkhozienne,* brandissant une faucille et un marteau.

Dans la première scène du film, un couple d'amoureux beaux et musclés tourbillonne en maillot de bain dans l'eau grisâtre de la mer du Nord. On pourrait se croire dans *Emmanuelle,* d'autant qu'il y a des fauteuils en rotin sur la plage. Mais des soldats surgissent de tous les côtés et gâchent la vue, la fête est finie. La jeune femme court se rhabiller dans une cabine tandis qu'un nazi, ayant détecté un trou dans la paroi, se rince l'œil.

Le film est éclairé comme un nanar érotique du dimanche soir, avec son petit halo réglementaire, ses couleurs irisées et sa qualité de jeu relative.

Tu as un doute sur l'authenticité de l'œuvre, mais Nicolas, réquisitionné pour l'homologuer, le lève : ce Loriot qui pleure est bien dédié à Marina et s'inspire de sa vie, c'est annoncé en cyrillique.

Le scénario est pourtant difficile à relier à la réalité : on y passe d'un salon à un cabaret à un match de boxe, on y fréquente la bourgeoisie et le maquis… Dès qu'une femme traverse le champ, la tension sexuelle est telle que tu t'attends à ce qu'elle sorte un sein ou un morceau de toison frisée.

Le personnage que tu identifies comme Marina se retrouve ainsi sous la douche avec un boxeur pour se livrer à une séance de frotti-frotta.

Un synthétiseur Moog dégouline sur les images.

Les ellipses sont indéchiffrables.

Le film est censé être tourné en Belgique, on entend des « monsieur Leroy » et des « madame Anjou », mais le paysage a autant à voir avec Bruxelles qu'avec Vilnius. Les ruelles jaunes pittoresques ressemblent à ce que tu connais des pays Baltes.

Tu comprends que le boxeur du début meurt et que Marina en est très peinée. Et tu supposes que c'est pour ça qu'en plein jour, tout à coup élégante avec son manchon de fourrure et ses petits talons, elle suit un gradé nazi, lui colle un pistolet sous le nez et tire.

Son acte semble mû par le désir de vengeance d'une femme amoureuse endeuillée, ce qui l'ampute de toute sa charge politique. Étonnant pour un film de propagande soviétique.

Tu as un moment d'abattement où tu te dis que jamais tu ne sauras qui était Marina et que ton roman n'est qu'une histoire, rien qu'une histoire, aussi partisane, idiote ou distraite que les autres. Tu te demandes si tu ne fais pas fausse route depuis le début.

25

Depuis quelques semaines, tu es enlisée dans tes scrupules. Tu n'écris plus. La potentielle inanité de ta démarche te confronte à ce sentiment qui, se nourrissant de ta vanité, t'étreint vingt fois par livre : une forme diffuse de désespoir, d'idée que tu n'es rien ni personne et que bien que tu ne sois attendue nulle part, tu arrives tout de même à être en retard.

Tu attends, tu t'occupes, tu lis, tu parles de Marina, tu lances des lignes à gauche et à droite en pensant qu'un jour où l'autre quelque chose y mordra, mais rien ne mord, rien ne sort, cette histoire ne peut manifestement s'accoucher sans de nouveaux gros efforts.

Tu retournes voir Vadim, en espérant qu'il te permettra d'accéder à un autre niveau, comme on peut dire d'un jeu vidéo dont on est prisonnier d'un stade, incapable de battre le monstre qui en barre l'issue. Tu es bloquée et tu implores les astres pour que le fils te donne des informations utiles pour poursuivre le portrait de ton personnage.

Vadim propose de te raconter l'après-Marina. Il te décrit comment la vie se métamorphose après la décapitation de sa mère, pour lui et pour son frère.

« Elle avait demandé à mon père de nous garder ensemble, mon frère et moi », mais la fratrie est divisée entre les deux grand-mères. La mère de Marina hérite de Nikita, et celle de Youri, la cantatrice, « la Castafiore, comme je l'appelais », se charge de Vadim. Le garçonnet emménage alors à Morsaint, où l'ancienne chanteuse héberge et nourrit des évadés des camps, des Russes mais aussi des Juifs qui reprennent des forces dans une grande maison aux aménagements dédiés aux fugitifs : il y a des tunnels dans le jardin et des cachettes secrètes.

Vadim grandit là, sans son frère, sans son père qui va et qui vient. Qui va, surtout. On dit qu'il aide des Russes à s'évader de camps de concentration. Pendant trois ans, le petit garçon ne l'aperçoit que de loin.

Les locataires de Morsaint adorent l'enfant, qui devient une mascotte pour ces survivants. Ils sont parfois quinze à se serrer dans la maison. La vie n'est pas normale, bien sûr, elle est effroyable quand on sait ce qui se trame, mais le petit garçon ne sait pas. Il joue. On ne lui explique rien.

Sa grand-mère lui teint les cheveux en blond pour s'assurer que les nazis ne le prendront pas pour un Juif.

Le voilà avec une petite tête marrante. Le quotidien est une aventure.

Et puis en avril 1944, la maison est incendiée. C'est un voisin propriétaire d'une ferme qui les a balancés : les Maroutaëff devaient nourrir leurs invités et l'homme les a dénoncés pour une histoire de viande impayée.

Des camions allemands déboulent dans le hameau à 4 heures du matin. Après s'être cuit des œufs et avoir dégusté leurs omelettes, soixante soldats jettent des torches et cassent les fenêtres pour s'assurer d'un bon appel d'air. Il faut que ça déflagre, que ça pète. Les flammes jaillissent de tous les interstices.

Marie la cantatrice est absente, cette nuit-là, elle est à Bruxelles « pour affaires ». Son fils est présent, pour une fois, et quand Youri entend les camions cerner la propriété, selon Vadim, il s'échappe par la fenêtre sans trop de soucier de son fils, tandis que les autres résidents empruntent le souterrain débouchant sur le jardin des voisins. « Quand l'eau monte dans le *Titanic*, vous penseriez à quoi, vous ? À sauver votre enfant, non ? Eh bien pas mon père. »

Dans l'opacité de la nuit, tous parviennent à s'échapper, tous sauf un Russe, un jeune homme de 20 ans qui emboîte le pas à Youri, abattu d'une balle dans le dos alors qu'ils détalent. Youri aussi est blessé, mais il réussit à s'enfuir à travers champs.

Vadim, sa nounou âgée qu'il appelle, à la russe, « ma *niania* », ainsi qu'un vieux jardinier sont les seuls à ne pas s'être sauvés.

Les Allemands les font monter dans un camion, direction Buchenwald. « Je connais la destination finale du convoi car le jardinier en est revenu une année plus tard. Maigre comme un clou. »

Vadim s'assied à l'arrière, à l'air libre, et regarde sa maison impuissante se laisser grignoter par le feu.

Dans la fumée qui s'élève en colonnes, il ignore que s'envolent déjà tous les souvenirs, toutes les photos et les derniers effets de sa mère.

Le 5 avril 1944, tandis qu'un de ses oncles maternels, gêné par les actes antinazis de Marina, s'engage dans la légion Wallonie de Léon Degrelle pour « laver l'honneur sali de sa famille », la femme sans tête est définitivement effacée.

Le cortège s'apprête à se mettre en marche, quand un officier fait le tour du véhicule. Vadim se souvient de son regard. « Êtes-vous fous ? » s'emporte le jeune gradé. « Que fait cette petite fille blonde, ce petit machin-là dans ce camion ? » mugit-il. Vadim a les cheveux longs. Le jeune homme le fait descendre. « Aujourd'hui encore, je sens sur moi le regard de ce soldat qui devait avoir à peine 25 ou 26 ans. Et hop, la *niania* à qui on n'avait rien dit saute du véhicule et me suit. Les Allemands la laissent faire. » Le sens de l'orientation approximatif de la vieille dame ne permet que de rejoindre une ferme des alentours. La nounou disparaît après avoir poussé Vadim à l'intérieur. Il ne la reverra jamais.

Le fermier, trop âgé pour s'occuper du garçonnet, le confie à un cousin, lui aussi agriculteur.

Pendant les années qui suivent, Vadim n'a aucune idée de ce qu'est devenue sa famille. Son père, son frère, sa grand-mère, la *niania* : pas de nouvelles. Personne ne lui dit que sa mère est morte. Il a 6 ans et il est peut-être orphelin, peut-être pas, qui sait.

Au fond de lui se forme la certitude qu'il n'a plus personne.

Alors il assimile le couple qui le recueille à ses parents, et ces fermiers le traitent comme s'il était de leur sang. Pendant plus d'un an, Vadim s'appelle Joseph Van Hasselt. Il est scolarisé dans le village en français, langue dont il ne parle pas un mot. On ne lui a jamais parlé que russe. Ses parents adoptifs le font passer pour flamand.

Et puis un jour, sans prévenir, l'aïeule, la mère de Youri, débarque pour le reprendre. C'est le drame, l'apocalypse. Vadim ne veut pas, il ne peut pas partir, et il laisse la marque de ses ongles et ses pleurs les plus tragiques dans l'entrée de la ferme, auprès de ce couple ayant déjà perdu un fils à la guerre et qui, là, en perd un deuxième.

Marie-la-diva entreprend de faire du porte-à-porte avec Vadim sous le bras : à Bruxelles, elle retrouve la trace de quelques-uns des soixante otages que le sacrifice de Marina a permis de sauver.

Elle pense qu'ils seront sensibles à la situation d'un pauvre enfant privé de mère, dont la maison a été incendiée. Un petit Russe qui a tout perdu, même ses parents d'adoption. La grand-mère espère que les anciens otages lui donneront un peu d'argent.

Mais ils ne sont pas émus par son récit. Ils refusent de leur faire la charité.

Le gamin doit se débrouiller.

La cantatrice est outrée. Elle n'aurait jamais imaginé être confrontée à tant d'égoïsme. Alors que sa belle-fille est morte pour qu'ils vivent : Marie le fait savoir, partout, dès qu'elle en a l'occasion, que ces gens sont des lâches.

Ses récriminations arrivent aux oreilles du secrétaire de la reine Élisabeth de Belgique. Le gentilhomme décide de prendre en charge les études de Vadim et une partie de son éducation. « Lui aussi, après le couple de fermiers, il m'a sauvé », s'émeut Vadim qui déchausse ses lunettes et, tout en se mouchant, te demande d'interrompre l'enregistrement.

*

Là où tu te donnes le droit de reprendre, c'est à la description du remariage de Youri et des branches de l'arbre généalogique qui en poussent. Le père de Vadim conçoit d'autres enfants avec Mary, une femme d'origine ukraino-canadienne qu'il rencontre dans un groupe de résistants de Wallonie. « Et il s'en est occupé, de ces petits-là », grince le fils de Marina.

« Je ne leur en veux pas, je m'entends bien avec eux, je ne veux rien leur reprocher. »

Le récit officiel, dont la presse se fera l'écho à la mort de Youri en 2010, est qu'il avait été un grand résistant, auteur d'une multitude d'actes nobles et désintéressés.

« Il a certainement réalisé des choses, mais avec mon frère nous avons essayé de mener une enquête pour savoir quels étaient les merveilleux faits qui auraient été les siens, et je serais bien en peine d'en citer un. Nous avons tenté d'être neutres : qu'est-ce que mon père aurait fait pour sauver je ne sais qui ou je ne sais quoi ? Je ne sais pas. En fait, je ne sais pas. »

Après le décès de son père, quand Vadim est obligé de se plonger dans ses papiers, ses archives et ses factures, il fait, dit-il, plusieurs découvertes surprenantes.

Nikita et Vadim auraient dû toucher une pension d'orphelins de guerre : Youri leur avait toujours dit qu'elle le leur avait été refusée sous prétexte qu'ils n'avaient pas la nationalité belge.

En réalité, enrage Vadim, leur père l'aurait empochée et dépensée.

Youri se serait sucré sur le dos de ses enfants, de « plusieurs centaines de milliers d'euros », siffle son fils, les lèvres serrées.

Dans les affaires de Youri, dans son grenier et dans sa cave, Vadim ne trouve rien le concernant, rien à propos de Nikita, pas le moindre bulletin de notes, pas un diplôme, pas un petit mot, pas une photo. Tous leurs dessins d'enfants ont été jetés. À croire que ces garçons n'ont jamais existé.

Vadim te raconte que Youri battait Nikita. Il t'explique qu'alors que Marina, sur son lit de morte, lui avait fait savoir qu'elle voulait que ses fils apprennent la musique, le père leur refusera des leçons de piano et éteindra la radio dès qu'il entendra trois notes.

Tu avales de travers. Tu ne sais pas quoi dire. Tu ne t'attendais pas à une histoire familiale aussi triste. Tu ne pensais pas remuer de la boue, tu imaginais juste donner vie à quelques visages figés sur des photos. Tu croyais faire un roman d'époque, tu n'avais pas anticipé que son onde de choc vibrait encore aujourd'hui sur une fréquence douloureuse.

À travers les rides et cheveux blancs du fils de Marina, tu vois avec netteté le tout petit garçon qu'il avait été, et qui n'a jamais tout à fait grandi.

Tu dois t'en aller et tu t'en veux de l'avoir forcé à rouvrir ses plus vilaines blessures.

Tu promets de revenir, enfin s'il est d'accord. Et Vadim, épuisé par cette excursion dans ses souvenirs, acquiesce.

26

« Mon grand-père donnait plus de baffes que de caresses. Mais c'était mon dieu », s'exclame le grand homme en contre-jour.

C'est Dimitri, le petit-fils de Youri, incarnation physique de ce que les Occidentaux pensent des Russes, quand ils les aiment : il est costaud, il a des mains de forgeron, et dans sa sincérité farouche on voit la fragilité des hommes forts.

Dimitri est le fils de Jean, né du deuxième mariage du veuf de Marina. Youri a passé le restant de ses jours avec Mary, qui l'a soigné après la fuite de Morsaint.

Tu as retrouvé cette famille via les commentaires du blog espagnol qui évoquait le destin de la femme sans tête il y a dix ans. Une dame y écrivait, en 2013 : « Merci de m'avoir permis de découvrir Marina, cette femme à la destinée si surprenante, qui m'a toujours fascinée. Mon beau-père en parlait si peu, et avec tant de pudeur. Cette femme si courageuse a changé la destinée de notre pays en y laissant sa vie. »

En tapant son nom sur Google, tu t'es aperçue que cette Marie-Claude, l'épouse de Jean, était bénévole dans l'association de ta plus vieille amie. On dit parfois que Bruxelles est un village, mais dans le cadre de ton enquête, c'est la Belgique qui a les dimensions d'un hameau. Tu as adressé un claquement de langue à Marina : elle était toujours là.

Ce matin, tu te perds dans Nil-Saint-Vincent, un village du Brabant wallon célèbre pour avoir abrité un relais de la mission Marathon, où furent hébergés plus de cent aviateurs alliés abattus en transit vers un refuge des Ardennes. Tu viens de le découvrir sur Wikipédia, car pour toi, Nil c'est avant tout le village d'Alexis, qui organisait chaque été un festival de musique dans son jardin, et dans le groupe duquel tu as quelquefois joué du clavier avant d'être remerciée car tu étais, de ton propre aveu, « atrocement nulle ». Tu voulais devenir pianiste, tu n'avais aucun talent mais tu trouvais que ça avait l'air agréable comme métier.

Jean Maroutaëff habite une petite maison rustique, le genre de masure que l'on croise dans les contes gothiques de Mary Shelley.

En y entrant, tu te demandes comment ta démarche peut être perçue par les descendants de Youri. Tu as entendu tant de choses virulentes à son sujet que même si tu es prête pour un autre son de cloche, tu arrives avec des préjugés. Tu espères qu'ils ne les percevront pas, mais tu refuses d'avancer masquée. Tu ne souhaites escroquer personne. Ne rien extorquer. Plus tu progresses dans la biographie de Marina, plus tu prends la mesure de la souffrance qu'elle a endurée et transmise.

La radio est allumée dans un coin et personne ne songe à l'éteindre. Un petit chien à poils longs grimpe sur les fauteuils. Comme ça se voit que tu aimes les bêtes, tu gagnes ton sésame en lui faisant des mamours de vieille dame.

Dans le fond de la pièce, debout contre la vitre par laquelle tente d'entrer un soleil froid, il y a le grand Dimitri, à l'âge impossible à estimer, quelque part entre 35 et 50 ans.

Le fait qu'il ne s'assoie pas, qu'il reste en retrait et écoute, silencieux, tes salamalecs tandis que tu t'installes dans le canapé, donne l'impression qu'il assure la sécurité. Tu te sens scrutée et tu trouves ça de bonne guerre. Tu n'aimerais pas qu'une étrangère fouille dans tes affaires. Tu ne voudrais pas qu'on écrive des choses, qu'on dise du mal de ton père ou de ton grand-père.

Tu sors un carnet pour prendre des notes et tu sens les autres se cabrer. Ton dictaphone reste dans le fond du sac.

Tes premières questions amorcent la pompe : elles servent à te situer dans l'arbre généalogique de Youri. Après Nikita et Vadim, il a eu trois enfants dont Jean te dit que l'un est mort à l'âge de 9 ans, et cette précision te fait penser qu'il y a des gens, tu en connais tant, auprès de qui les malheurs n'en ont jamais fini leur ronde.

Ce sont tes hôtes qui abordent le sujet de la relation entre Vadim et son père.

Jean et sa famille ont du mal à comprendre ce que raconte le demi-frère à son sujet. Ils savent qu'il défend, depuis quelque temps, une interprétation de l'Histoire où Marina a endossé la responsabilité des actes de son mari, où elle-même n'a rien commis. Or, pour eux, Marina était « une exaltée », plus encore que celui qu'ils appellent « Grand-Bô ».

Eux, ils ne questionnent pas la version officielle, historique, pour la bonne et simple raison que ce serait la seule, la vraie, qu'il n'y en aurait pas d'autre. À l'enterrement de Youri, Vadim avait d'ailleurs déclamé un hommage poignant à son père, plein d'affection, dont toute l'assistance se souvient. Mais ils ont vu, en effet, l'amertume de ce fils croître avec les années. Et s'ils ignorent les raisons de ce qu'ils prennent pour un ressentiment tardif, ils peuvent cependant confirmer que Youri ne s'était jamais tellement soucié de ses premiers fils. Jean n'a vu nulle part chez lui de photos de Vadim ou Nikita.

Et il a très peu entendu parler de Marina. Pour en savoir quelque chose, il fallait cuisiner le patriarche.

« Les discussions étaient difficiles, se souvient Marie-Claude. Mais ce n'était peut-être pas par indifférence. C'était peut-être parce que c'était trop dur.

On avait parfois surpris mon beau-père avec des sanglots dans la voix, les rares fois où des journalistes étaient venus l'interviewer pour parler de l'incendie de Morsaint. »

Jean a passé son enfance à jouer dans les ruines de la maison martyre. Maintenant, elles ne lui appartiennent plus, la propriété a été vendue. Les souterrains, ceux qui sortaient dans le jardin des voisins, ont été rebouchés.

Personne dans la pièce n'a l'air triste que ça se termine de cette façon.

Et ils se mettent à brosser le portrait d'un homme aussi irritant qu'attachant, avec la prolixité de ceux qui n'attendaient que ça, parler.

Jean : Il a refait le monde toute sa vie. Quand il avait décidé que ce n'était pas la tour de Pise qui penchait mais le reste de la terre, il n'en démordait pas.

Dimitri : Il était capable de renier tout le monde pour des raisons politiques.

Jean : Aux réunions de famille, à table, ma mère sortait son mouchoir comme un drapeau blanc. Ça partait systématiquement en engueulade.

Dimitri : C'est l'homme le plus têtu que j'aie jamais vu de ma vie.

Marie-Claude : Il n'était pas communiste mais trotskiste. Et à la fin, il était désabusé. Il avait rêvé d'un idéal qu'il n'a jamais touché.

Jean : Un peu avant sa mort, à l'hôpital, quand on servait du thé à mon père, il tendait la tasse à Dimitri en disant : « Bois ! » Dim était son goûteur. Si jamais le thé avait été empoisonné, ce n'était pas lui qui en mourrait. Il se méfiait de tout le monde, il était parano.

Dimitri : Vous lui parliez pommes et bananes et il arrivait à vous ramener sur le sujet de la guerre. Mais il ne parlait jamais de ses actes à lui.

Marie-Claude : Et pourtant c'est lui, c'est mon beau-père qui a tué Rodolphe Puissant, à Wavre, un collabo, l'employé de la Werbestelle de Nivelles qui déportait des jeunes gens vers l'Allemagne. On le sait car après sa mort, ma belle-mère l'a dit en public, lors de la projection d'un film sur la résistance. Si Youri ne parlait pas, c'était peut-être parce qu'il avait peur des représailles, qu'il craignait que les descendants de cet homme viennent le tuer. C'était peut-être pour ça qu'il avait gardé des armes dans le jardin.

Jean : Quand Nikita lui reprochait d'avoir abandonné ses deux fils, mon père répondait : « Mon ami, cette guerre a fait des millions d'orphelins. On n'est pas à deux près. »

« Mon père, conclut Jean, quand ça sentait le gaz, il sortait le chalumeau. »

27

Vadim fait défiler des photos de sa mère sur son ordinateur.

Il t'accueille à nouveau à la fin de l'été. Cette fois, il a préparé des choses à te montrer.

Comme ce cliché qui le fait sourire, l'un des rares à ne pas avoir brûlé à Morsaint, où Marina est déguisée, et où elle a l'air d'avoir 13 ans. Elle a une coiffe hindoue vissée sur la tête et les yeux révulsés en une grimace se voulant horrifique. Le visage, un peu flou, fait de cette silhouette une apparition à la fois comique et effrayante, laissant penser à un accident de pellicule, le négatif exposé deux fois, à deux moments différents, faisant se combiner au développement deux époques en une surimpression susceptible de faire croire aux esprits.

« Elle était drôle, ma mère », commente-t-il en plissant des yeux attendris.

Sur la photo suivante, Marina hissée sur le dos d'un beau garçon aux airs de Patrick Dewaere – Youri et sa volumineuse chevelure noire semblant tout à coup bien sage à côté – tient une grosse cigarette entre l'index et le majeur. Elle s'amuse de quelque chose, hors champ. En arrière-plan, on distingue une femme élégante avec un chapeau cloche, une autre au col de fourrure… Marina, avec sa physionomie farceuse et sa blouse de sport, ressemble à Mowgli. Elle est adorable et sauvage.

Ce n'est pas une simple ménagère. Cette Marina-là, la fille de la photo, celle qui ne lâche pas sa clope, c'est une pirate.

Et dans ta tête, les trous, les blancs, les incongruités de la version qui affirme que Marina était une discrète petite femme d'intérieur ne s'occupant pas de politique, prennent de plus en plus de place.

Et si Vadim avait tort ?

Et si, au cours de son enquête, il avait été inattentif à certaines voix au profit d'autres, moins douloureuses, moins lancinantes ?

Tu fais un bref exercice d'empathie : si c'était ta mère à toi qui était morte alors que tu n'avais pas 4 ans, et que tu aurais eu d'autant plus besoin d'une mère que ton père était défaillant, si ça avait été toi l'orpheline, l'endeuillée, dans quel cas aurais-tu souffert davantage ? Si ta mère était allée se faire exploser sur un marché un beau matin après avoir beurré tes tartines ? Ou si ta mère avait, après une semaine de réflexion, décidé de se sacrifier pour que des dizaines d'innocents aient la vie sauve ?

La deuxième proposition était probablement la moins pénible à digérer. Grandir, essayer de se construire après avoir été abandonné au profit d'une idéologie te semble plus terrible que de trouver sa place sur cette terre en pleurant une mère qui avait juste voulu bien faire.

Tu étais partie du principe que de tous les vivants, c'était Vadim qui devait détenir le plus d'informations exactes sur Marina. Et puis il contestait la version officielle avec une telle fougue...

Mais cette après-midi, face aux photos de ton personnage sur l'écran d'ordinateur de son fils, le picotement du doute te gêne.

Certes, Vadim est son enfant, et les liens du sang lui confèrent une légitimité. Certes, il est en possession de plusieurs dizaines de documents.

Mais tu commences à te dire que la personne qui, à présent, connaît le plus de détails sur la vie de Marina, c'est peut-être toi.

Vadim déclare ainsi que sa mère est née à Saint-Pétersbourg. Or, elle a vu le jour en Lettonie, dans une ville de lugubre notoriété. Les formulaires remplis après la guerre par sa grand-mère Ludmilla, ainsi que par Youri lors de ses nombreuses demandes d'indemnisation à la suite de l'exécution de sa femme, en attestent.

C'est un détail, certes, ce lieu de naissance. Un détail mais tout de même, tu te demandes quelle crédibilité on peut accorder à des souvenirs datant de plus de huit décennies, à des images d'aspirateur et de repas chauds vues à l'âge de 3 ans...

Toi, tu ne te rappelles déjà plus ce qui t'est arrivé hier. Ce sont tes amis qui te racontent ta vie.

Toi tu t'es entraînée à prendre l'air de celle que rien jamais ne surprend, aucune anecdote, aucun événement pour ne pas sembler démente ou diminuée, car tu sens bien que ça les inquiète, les gens, quand ils comprennent que tu n'as plus de souvenirs, ni anciens, ni récents. Toi qui écris pour ça, aussi, pour être entendue mais pas seulement : pour savoir qui tu fus.

28

Tu as trouvé au courrier l'enveloppe en carton que tu espérais. À l'intérieur, trois cassettes audio renfermant un long entretien mené par le blogueur Ramón Puig avec Youri, au début des années 2000. C'est l'Espagnol qui te les a fait envoyer, depuis sa résidence suédoise.

Tu entreprends des fouilles : tu as possédé quelques Walkman à l'adolescence, peut-être que l'un d'eux est encore susceptible de lire les bandes.

Un vieux lecteur Sony semble se réanimer, mais à chaque tour des bobines, un vvvfffou se fait entendre.

Tu sais à quoi ressemblait Youri, vieux, tu l'as vu sur le DVD d'un documentaire de 2005, un film traitant de la résistance en Brabant wallon qui t'a été envoyé par une section locale socialiste. Tu y as découvert le veuf de Marina cinq ans avant sa propre mort, les sourcils hirsutes, de grands yeux bleus luisant d'un éclat dur. Il a beau porter un gentil gilet côtelé et la cravate du dimanche, il a beau être âgé et apprêté comme un communiant, il ne fait aucun doute en le regardant parler qu'il peut se montrer autoritaire. Il en impose.

Il te fait penser à ton grand-père, que tu n'as connu qu'aveugle, méditant dans un relax électrique et qui, lorsqu'il était fâché, sortait de sa torpeur avec la vivacité d'un serpent.

Sur les cassettes audio, le vieil homme est encore plus vieux. Il s'emmêle les pinceaux, se trompe dans les dates. De temps en temps, sa deuxième épouse le reprend.

Mary propose parfois du café à leur invité, celui-ci accepte, et les tasses tintent sur les soucoupes. Elle lui montre des coupures de journaux et l'Espagnol les lit tout haut à la manière d'un policier à la fin d'une audition ou d'un psychanalyste après consultation.

Ramón pose des questions sur Marina et son veuf esquive, sans qu'il soit possible de déterminer si c'est à dessein, parce qu'il a égaré ses souvenirs ou parce qu'il s'en fiche. Il évite, il dévie. Le blogueur lui demande comment ils se sont rencontrés, Marina et lui, et très vite, au lieu de restituer leurs premiers instants, il évoque des armes, du matériel, des souvenirs de « coups », il raconte cette mitrailleuse tombée d'un avion anglais. Il se perd. Divague vers des détails sans rapport avec la conversation, parle d'une voiture à deux carburateurs, tandis que sur l'attentat de l'avenue Marnix, il est expéditif.

Il précise que Marina travaillait dans une fabrique de peaux tressées. Tu ignores ce que c'est. Il indique l'adresse de l'usine, dont tu retrouves la trace sur un site dédié à l'architecture bruxelloise : c'était une usine de lacets. Cette information n'a pas d'importance mais elle t'émeut car elle parle d'un temps à jamais révolu, tellement révolu que tu peines à croire que ça ait pu exister un jour, une usine dédiée aux lacets en plein Bruxelles, alors qu'il faut bien les fabriquer, les lacets, et qu'on n'a pas toujours eu la Chine pour nous les envoyer. Youri n'aurait pas pu l'inventer et Marina avait donc, crois-tu, et à rebours de ce que pense Vadim, bel et bien travaillé.

Pour parler des deux fils qu'il a eus de son premier mariage, Youri ne donne pas de prénoms, il ne dit pas « mes enfants » ou « mes fils », il fait : « les gosses ». Ou « le gosse ». Quand Ramón décrit une photo de Marina avec un landau, Youri commente : « Et là, elle est avec le gosse. » Cette photo, tu la connais, et tu sais que « le gosse », c'est Vadim.

Youri a l'insulte facile. Untel est un « imbécile ». Tel autre aussi.

Youri est pour de bon passé du côté de la vie où l'on ne se soucie plus de la sensibilité des autres. Il doit être de ces vieux qui se disent trop âgés pour faire des efforts, ces vieux qui disent « On ne me changera pas », et qui s'autorisent une franchise brutale.

Tu ne sais que croire de ce qu'il dit. Rien, selon Vadim.

Youri affirme que les attaques au couteau de fonctionnaires allemands ont fait un mort, alors que tu sais maintenant que personne, hormis Marina, n'en a succombé.

Youri raconte que Marina avait un caractère explosif. Que c'était elle, bien sûr, qui avait commis les attentats. Et ce, même si la mère de la suppliciée a toujours prétendu le contraire. « Ma belle-mère croit que c'est moi qui l'ai poussée et que c'est pour moi qu'elle s'est sacrifiée. Elle a dit que c'est moi qui avais tué. Elle a dit ça. Elle a dit ça à mon fils aîné, et mon fils aîné le croit encore aujourd'hui. »

Et puis vers la fin de l'entretien, le veuf se fait précis. Il raconte une anecdote qui te convainc.

Dans l'interview de Youri dactylographiée en 1991 et versée aux Archives de l'État, celle où il évoquait son interrogatoire rue Traversière, il disait qu'à la prison de Saint-Gilles, sa femme avait tenté de mettre fin à ses jours. Tu avais pensé au coup de la vitre, à un morceau coupant pour se blesser. Ça te semblait plausible. C'est ce que tu avais écrit quand tu avais imaginé la réclusion de Marina. Il ne devait pas y avoir mille moyens de se tuer. Un drap, peut-être, noué autour de la gorge. Des comprimés d'aspirine pris en grande quantité.

Mais sur cette cassette en fin de vie qui crachote la parole d'un mort, Youri lâche, sur un ton désinvolte :

« Elle ne voulait pas aller en Allemagne. Elle avait demandé à sa mère de lui amener des aiguilles à tricoter en prison. Elle lui avait dit qu'elle voulait tricoter pour passer le temps. Et les imbéciles les lui ont laissées. Mais Marina a raté le coche. »

Le son se brouille. Tu fais un retour en arrière, presse « play » à nouveau, mais tu n'es pas certaine des mots que tu entends. Tu combles les blancs et tu comprends que Youri décrit sa femme dans sa cellule, installant l'aiguille à la verticale, par terre contre une cale. Tu l'écoutes dire qu'elle se laisse tomber, qu'elle essaie de s'empaler.

Tu vois l'aiguille glisser et tu imagines se relever une petite femme à la poitrine intacte et pourtant très abîmée. Tu as le ventre qui se tord.

Le veuf balance cette horreur comme il évoquerait un incident mineur, un orteil cassé.

Puis il change de sujet, et ne cesse plus de bifurquer. Youri est ailleurs. Tout le monde est ailleurs, d'ailleurs. Marina la première.

29

Il n'y a plus rien. Tu es arrivée aux confins d'Internet, des archives, des témoins, casiers judiciaires, décorations posthumes, récupérations politiques... Et tu n'as toujours pas la clé de Marina. Tu ne sais pas avec certitude qui cette femme a été : ménagère ordinaire ou amazone en furie ? Il n'y a aucun vivant qui peut le dire.

Alors tu prends la liberté de trancher, à partir de ce que tu crois.

Et ce que tu crois, ce que tu veux croire, c'est que Marina l'a fait. Que c'était elle, la désobéissante, la guerrière, la déraisonnable. Que c'était la sienne, la silhouette qui remontait la chaussée d'Ixelles, le couteau dans son sac ou dans la manche, une rage infernale lui brûlant les entrailles. Tu le crois parce que tu sais qu'elle s'est domiciliée dans une chambre de bonne une semaine avant l'attentat, que le 1er décembre, déjà, elle savait comment l'histoire allait se terminer. Tu le crois parce que tu vois que sa foi est celle d'une femme devant penser qu'à l'orée de la mort, des anges viendraient la chercher, tu le sens à ses lettres, à ses photos, qu'elle était fantasque et entière. Tu le crois parce que tu penses qu'elle ne se serait pas invitée dans ta vie pour que tu l'écrives en gentille petite fille. Ce genre de texte, tu n'en as pas envie.

Tu le crois parce qu'un journaliste auquel tu racontes ton projet d'écrire sur Marina Chafroff te révèle que ce nom ne lui est pas étranger, qu'il connecte les points tout à coup, et pour cause, sa belle-mère d'origine russe en parlait l'autre soir au dîner, et il te glisse « Mais tu dois certainement le savoir, ah bon tu ne le savais pas », enfin il n'a aucune certitude mais c'est ce qui se dit au sein de la communauté russe de Belgique, celle qui n'a pas voulu entretenir la mémoire de Marina mais qui en conserve un vague souvenir, il circule parmi ces gens que la jeune femme, ta petite Marina, ce mètre cinquante-six de loyauté et de tourments, au moment où elle se rendait à l'ennemi, était enceinte.

*

Tu as voulu rencontrer cette belle-mère russe, vive et drôle, seule dans un appartement somptueux hurlant son besoin de rénovation. Elle ne peut rien te dire de plus. Son mari, qui lui a raconté cette histoire et qu'elle te montre en photo avec les frères de Marina, est mort depuis très longtemps. Tu lui apprends que l'officier que Marina avait soi-disant tué en a de toute évidence réchappé – elle le pensait décédé. La dame ne connaît même pas le nom de famille de la femme sans tête. Et pourtant, les larmes lui montent quand elle évoque cette « pauvre femme », pauvre Marina « décapitée, vous imaginez ? ». Elle pense que les Russes de Belgique, ceux de sa communauté du moins, ont tout fait pour l'oublier pour l'unique raison que son histoire est atroce, qu'elle dépasse tout ce qu'on connaît en matière de barbarie.

Tu lui confesses que pour toi, ce n'est pas tant sa mort qui est atroce que sa vie, si vite oubliée. Là c'est toi qui renifles.

La Russe aux murs pleins d'icônes te répète un mot que tu as souvent entendu à propos de la martyre : « exaltée ». Tu lui parles de dépression, de l'hypothèse que Marina ait souffert d'un trouble anxieux, d'une détresse que tu décris sous la forme d'un aigle dans le roman...

Alors que c'est très loin de ta réserve habituelle, pour refuser un biscuit qu'elle veut absolument que tu manges, parce que tu en es à un stade où le sucre t'inflige des attaques de panique aussi sûrement qu'une pièce lance une boule dans un flipper, tu lui parles de la tienne, de nature, tu évoques tes angoisses, et elle te prévient : c'est le diable, le diable qui essaie de t'éloigner du rayonnement de Dieu. Et elle te montre comment le repousser, en mettant son pouce sur son nez, la main tendue vers le haut, en agitant les doigts et en riant très fort. Elle te dit qu'il faut tout prendre au comique, le danger comme le tragique. Ne pas se laisser intimider. Prendre le dessus. Car tout est question de décision.

30

Tu retournes en arrière. Tu te refais le film. Il est 19 heures, le 7 décembre 1941. Personne n'est encore mort ni blessé. Marina est au dernier étage de sa « petite baraque pourrie », rue Cans, allongée sur le lit, dans l'état d'hébétude précédant les sauts dans le vide. Elle transpire par moins trois. Tout l'irrite : l'odeur de l'air, l'étroitesse de sa jupe, l'étoffe rêche de sa blouse. Elle ne voit d'issue nulle part, à rien. Tu t'approches d'elle, tu la regardes avec tristesse et tu décides. Tu décides qu'elle se retourne sur son matelas et se frappe le front contre le mur de sa mansarde. Une fois, deux fois, trois fois. Qu'elle prend de l'élan.

Les chocs lui sont agréables.
Quatre fois, cinq fois, six fois.
La jeune femme bat la mesure sur le mur.
Dès qu'elle s'arrête, une vague la submerge.

Parvenue à la fin d'un morceau sans musique, pour ne pas se laisser avaler par le vide, elle se lève, chausse ses mocassins et attrape son sac à main.

Elle dévale les escaliers en oubliant de se tenir à la rampe. Avec l'adresse que confère l'adrénaline, elle devient sûre d'elle.

Solide sur ses pieds.

Dans la rue, règne un froid qu'elle ne perçoit pas.

Le tintement du couteau bondissant dans sa sacoche la ravit. La lame fait à nouveau son bruit de catastrophe, mais dans un sens heureux, cette fois.

Les nuages hurlent une version lourde et pompière de la « Danse des chevaliers » de Prokofiev.

Marina sent le vent lui souffler dans le dos.

Les passants se demandent ce qui fait tant sourire cette petite chose en chemisier. Une forme de démence, sans doute. On en voit beaucoup ces temps-ci, des femmes errantes aux yeux fous.

Marina longe la maison communale, où elle s'est mariée, jette un œil à son perron et se revoit en robe blanchie à la Javel, gravir les marches au bras de celui qui la soulevait de terre, au propre comme au figuré. La diva La Malibran a habité cette demeure. Marina entend sa voix ample lui parler d'amour. Le long du chemin, la chaussée d'Ixelles égraine ses vitrines de fourreurs, de bouchers, de tavernes.

Des visages hideux s'y déforment de rire. Leurs bouches coulent à la façon d'horloges molles.

Dans le miroir des flaques, d'immenses oiseaux envoient des clins d'œil à Marina.

Elle croise la route d'un bourdon. Sa rétine fait une mise au point. Tout lui paraît soudain si net. Le duvet doré sur l'échine. Le vrombissement des ailes. Un bourdon qui n'a rien à faire là, par moins de zéro, mais tant pis, elle, elle le voit. Elle voit et elle entend. Ses pattes comme des archets. Musique de Tchaïkovski. Air froid. Œil rouge. Doigts rouges. Buée montant des bouches. Mal aux oreilles. Bruit du couteau tressautant dans la sacoche vide. Manteaux, manteaux, manteaux. Affiches. Français, Néerlandais, Allemand. Pauvres dames, pauvres hommes. Poc poc de leurs semelles en bois. Enfants habillés comme des vieux. Gris en haut, gris en bas. Réclame du cirque allemand Busch. Image d'un tigre avec des dents comme des sabres. Sabres. Vent qui frappe. Électricité dans la tête. Bourdon comme une petite fée qui lui murmure d'y aller.

Porte de Namur, Marina prend à droite et voit au loin une bande d'Allemands en uniforme fumer devant un bâtiment trapu, faiblement éclairé par un lampadaire récalcitrant. C'est leur mess et ils viennent certainement de terminer un scandaleux repas, de s'être vautrés dans des chapelets de saucisses.

Le temps qu'elle arrive à leur hauteur, il n'en reste qu'un. Le bout de sa cigarette, lorsqu'il tire une bouffée, fait rougeoyer son menton troué de cicatrices d'acné ou de vérole mal soignée.

Un haut-le-cœur fait frissonner Marina. La musique qui se joue entre ses oreilles se mue en un carambolage de sons grotesques, aigus.

Elle plonge la main dans son sac, brandit son couteau, prend son élan, vise la poitrine et alors qu'elle hurle, en russe, toutes les insanités de son répertoire, elle sent la capote de l'Allemand se déchirer avec la fragilité d'un papier de soie.

Elle fait et refait le geste, et une giclée de sang lui mouchette les dents. Le goût salé sur sa langue lui plaît.

Tandis qu'elle frappe, l'homme reste muet, incapable de crier, et toute sa physionomie dit à quel point, malgré la terrible plaie, c'est à l'honneur qu'il a le plus mal. L'Allemand est vexé, outré de se faire massacrer par une adolescente à peine pubère. Ça vaut bien la peine de s'être autant entraîné, se dit l'Oberinspektor Kattenhorn.

Marina essaye quelque chose de différent : au lieu du geste sec, le coup lent, lancinant, et elle a plaisir à voir le gradé écarquiller les yeux.

Les râles deviennent mélodieux et la cacophonie qui se joue dans l'esprit de la jeune Russe s'assagit. L'Allemand s'affaisse, dans la position d'un chien venant de coucher des herbes hautes en paillasse. Marina embrasse le front de l'homme effondré, essuie sa lame à la manche du nazi, et file vers l'arrêt du tram.

Elle avale sa salive, se retourne vers la Kommandantur et, les doigts en l'air, le rire clair, elle lui décoche un pied-de-nez.

*

Klingelpütz, la prison-spectacle de Cologne, est aujourd'hui rasée.

Sur son tracé, la municipalité a aménagé un parc. À l'emplacement de la courette où a été raccourcie la femme sans tête, on aperçoit une plaine de jeux avec un toboggan, une balançoire et un trébuchet.

Quand on tape « Liepāja beach » sur Google Images, quand on cherche le lieu de naissance de Marina, où des milliers de femmes juives furent déshabillées avant d'être tuées en Lettonie, on trouve des panneaux « rigolos » indiquant « No shoes. No shirt. No problem. ».

À Bruxelles, les anciennes caves de la Gestapo servent à stocker du brol. La grand-mère de ton amie Caroline habite au quatrième étage, celui jadis dédié aux « affaires juives ». Au sous-sol, elle a entreposé les verres de Guinness de feu son Écossais de mari, premier évadé de la forteresse allemande de Colditz dont il s'est échappé cousu dans un matelas.

Tu as poussé la porte des caves des voisins : tu y as vu des magazines porno des années 1980. Des blondes nues avec des bottes en cuir, sur des motos.

Au cimetière d'Ixelles, au pied de la tombe de Marina Chafroff, cette petite femme aux joues rondes exécutée pour que vivent soixante otages, tu as déposé une liasse de feuilles A4 dans une chemise en plastique.

Ce sont les épreuves d'un livre, dédié à toutes celles qui, en plus de leurs responsabilités, prennent celles des autres.

En sortant, tu as croisé une poubelle où tu t'es délestée d'un vieux papier. Quelqu'un y a tagué au feutre, sous un petit bonhomme pendu : « Les morts reviennent pour se venger et nous venger. » Tu as levé les yeux vers les nuages, et un frisson t'a léchée.

Je remercie infiniment Vadim, Jean, Dimitri, Marie-Claude et toutes les personnes qui ont connu Marina et Youri pour les histoires qu'elles m'ont confiées. J'espère en avoir fait quelque chose qui ne leur déplaît pas, en dépit des libertés prises avec le réel.

J'adresse également toute ma reconnaissance à Chantal Kesteloot, historienne au CegeSoma/Archives de l'État, qui a relu ce roman et l'a sauvé de quelques maladresses.

Merci à Michaël Amara, des Archives générales du Royaume, qui m'a aidée à m'y retrouver dans leurs tiroirs.

Merci à Laurent Chalumeau, médecin du texte, dont les diagnostics réussissent l'exploit d'être à la fois gentils et intraitables.

Merci à Napo, qui, en commentant le premier la photo de la tombe de Marina sur Instagram, a généré l'étincelle. Gratitude aussi envers Robert Kaukewitsch pour les traductions allemandes, Nicolas Baran et Sarah Dabaghy pour la justesse et l'érudition du regard sur la Russie ainsi qu'envers Amélie Janssens pour la balade originelle au cimetière.

Merci enfin, en vrac, à toustes celles et ceux ayant lu, relu et rerelu ce livre, pointé ses défauts et vanté ses qualités, à celleux qui lui ont apporté quelque chose, au sens propre comme au figuré, à mon éditrice Mireille Paolini, bien sûr, à Geoffroy Klompkes pour le titre, à Élodie Brissaud, Justin Lalieux, José Gotovitch, Ramón Puig, Elfi Dombret, Florence Hainaut, Amel Felloussia, Julien Scharpe, Véronique Cranenbrouck, Caroline Allan, Nathalie Uffner, Sébastien Ministru, Olivier Monssens, Delphine Harou, Marie Cappart, Victoire de Changy, Gilles Martin, Charlotte Bellière, Ian De Haes, Nicolas Crousse, Maya Panteleef, Charlotte Khoudiacoff et mes parents.

RÉALISATION : NORD COMPO À VILLENEUVE-D'ASCQ
ACHEVÉ D'IMPRIMER SUR ROTO-PAGE
PAR L'IMPRIMERIE FLOCH À MAYENNE
DÉPÔT LÉGAL : JANVIER 2023. N° 151576 (101352)
Imprimé en France